Aube rouge sur l'océan

Marie-Claude Bérot

# Aube rouge sur l'océan

Vocabulaire par
Laure Soccard

Ernst Klett Sprachen
Stuttgart

1. Auflage 1 5 4 3 2 1 | 2016 15 14 13 12


Internetadresse: www.klett.de / www.lektueren.com

Autorin des Vokabulars: Laure Soccard
Redaktion: Anne-Sophie Guirlet-Klotz
Layoutkonzeption: Elmar Feuerbach
Gestaltung und Satz: Dörr & Schiller GmbH, Stuttgart
Umschlaggestaltung: Elmar Feuerbach
Titelbild: Thinkstock, München
Druck und Bindung: CPI – Clausen & Bosse, Leck
Printed in Germany

ISBN 978-3-12-592278-5

# Table des matières

*Pour Marcellin.*

## Pourquoi j'ai écrit ce livre...

*Lorsque j'écris un livre, les premières lignes sont les plus difficiles, et puis la suite vient toute seule sans que j'aie à faire de gros efforts, habitude de l'enfance de me raconter des histoires. Si je connais la fin, l'histoire ne m'intéresse plus.*

*Pour ce roman, il en va tout autrement. Ce n'est pas mon histoire. Pourtant j'ai depuis bien longtemps envie de parler des professions pour lesquelles on a la responsabilité de vies humaines. Professions passionnantes, justement grâce à ce contact avec les hommes. Quand se produit un accident, celui qui est jugé responsable tombe dans un grand désarroi, d'autant plus intense qu'il aime son métier. La lente et parfois incompréhensible marche de la justice rend sa souffrance encore plus vive. Mais quel que soit le verdict, pour le responsable, la victime seule demeure importante.*

*C'est ce que j'ai voulu exprimer dans ce livre.*

Marie-Claude Bérot

7 **il en va tout autrement** c'est différent – 9 **une profession** un métier – 10 **une responsabilité** Verantwortung – 13 **responsable** qui porte la responsabilité pour qc/qn – 13 **un désarroi** Verzweiflung – 14 **d'autant plus que** + *indic* zumal – 14 **intense** très fort – 15 **incompréhensible** qu'on ne peut pas comprendre – 15 **la marche de la justice** le fonctionnement de la justice – 16 **la souffrance** la douleur – 16 **vif** intense – 16 **quel que** + *subj* unabhängig davon, wie / ganz gleich, wie – 17 **demeurer** rester

# 1

La mer est grise, sombre, métallique. Une fille la regarde. Cela n'a rien d'extraordinaire, une fille qui regarde la mer. Elle le faisait déjà à trois ans, dix ans, quinze ans. La veille aussi. La veille, elle regardait la mer les yeux remplis de joie. Aujourd'hui son regard a changé. Celui qui se fierait à son regard ne la reconnaîtrait pas.

Elle est venue sur la falaise pour voir la mer. Ses pas l'ont conduite là où ils la conduisent toujours, au même endroit, à l'aplomb des dalles, au-dessus du vide, là où l'herbe est rasée par le vent, brûlée par le sel.

La mer, aujourd'hui, est du papier d'argent froissé qui brille lorsque sort le soleil.

La fille regarde la mer avec la même passion, les mêmes désirs, la même violence qu'autrefois. Seule manque la joie. Elle regarde la mer, et un sentiment inconnu monte en elle, s'attaque à tout son corps, le blesse, le maltraite.

Mais comment reconnaîtrait-elle la haine, elle qui n'a jamais connu que l'amour ?

* * *

1 **sombre** ≠ clair – 1 **métallique** de la couleur du métal – 2 **extraordinaire** ≠ banal, normal – 5 **rempli de qc** plein de qc – 5 **un regard** la façon dont on regarde les choses, les gens – 5 **celui qui se fierait à son regard…** wer nach ihrem Blick gehen würde… – 8 **une falaise** une côte abrupte au-dessus de la mer (Steilküste) – 10 **un endroit** un lieu – 10 **à l'aplomb de qc** en équilibre stable (im Gleichgewicht) – 10 **une dalle** Steinplatte – 11 **rasé** *ici :* **coupé très court** – 13 **froissé** zerknittert – 14 **briller** glänzen – 14 **lorsque** quand – 16 **un désir** → désirer qc – 16 **autrefois** ≠ maintenant – 18 **inconnu** qu'elle ne connaît pas – 18 **blesser** verletzen – 19 **maltraiter** faire du mal à qn/qc

À cause de la mer sournoise, sa mère va passer la nuit en prison.

À cause de la mer sournoise, le garçon qu'elle aime n'est pas rentré au petit port. Elle se dit, se répète qu'il va rentrer. Il n'est pas possible qu'il ne rentre pas. Il connaît l'océan. Il joue si bien avec les vagues. Combien de fois l'a-t-elle vu disparaître dans un rouleau d'eau bouillonnante et puis réapparaître magnifique tel un dieu de l'onde, dressé sur sa planche de surf ? Il va rentrer. Les gendarmes se trompent. Ils inventent n'importe quoi.

Elle est venue là, sur la falaise, comme s'il lui était impossible d'aller ailleurs. Elle est assise sur les cailloux de la falaise qui affleurent dans l'herbe rase, le menton posé sur ses genoux repliés. Le regard vers la mer.

Sur les eaux qui frisent, un bateau glisse vite, un bateau sans voiles, un bateau sans vie. Ce n'est pas lui qu'elle suit des yeux. Lui, elle ne le voit pas, pas plus que les rochers sur lesquels se brisent des vagues sans envergure, des vagues qui n'en sont pas.

L'après-midi s'achève. L'océan n'a pas changé. Ce matin, il avait les mêmes couleurs, presque les mêmes. L'eau était seulement un peu moins grise, les nuages un peu moins épais, le soleil un peu plus présent. Mais les vagues, elles, étaient les mêmes, semblaient les mêmes : pas de vraies vagues.

1 **sournois** heimtückisch – 6 **une vague** Welle – 8 **un rouleau** *ici :* une vague violente – 8 **d'eau bouillonnante** schäumendes Wasser – 8 **réapparaître** ≠ disparaître – 9 **l'onde** *f litt,vx* l'eau *f* – 9 **dressé** ≠ assis, allongé – 9 **une planche de surf** Surfbrett – 10 **un gendarme** un policier qui a suivi une formation militaire – 10 **se tromper** *ici :* ne pas avoir raison – 13 **ailleurs** dans un autre endroit – 14 **un caillou** Kieselstein – 14 **affleurer** herausschauen – 14 **ras** très court – 15 **un menton** Kinn – 15 **les genoux repliés** angewinkelte Beine – 17 **friser** *ici :* faire de petites vagues – 17 **glisser** *ici :* avancer – 20 **un rocher** Felsen – 20 **se briser** se dit des vagues qui se transforment en écume (Schaum) quand elles arrivent sur les rochers – 20 **sans envergure** ≠ grand, large – 22 **s'achever** se terminer – 25 **épais** compact, dense – 26 **sembler** avoir l'air d'être, donner l'apparence d'être

Le chemin qu'elle a pris ce matin, elle le prend tous les jours pour aller au lycée. Il longe l'océan. Et elle a contemplé l'océan comme elle le fait chaque jour. On ne peut pas passer si près et l'ignorer. Elle, elle ne le peut pas. Et ce matin moins encore parce que sa mère navigue, là-bas, au-delà de l'horizon, partie depuis deux jours et pour deux jours encore. Rémi est avec elle. Rémi qu'elle aime, elle en est sûre maintenant. Elle l'aime, sinon pourquoi cette douleur ?

Elle le connaît depuis l'enfance. Et elle vient de se rendre compte qu'elle l'aime plus qu'elle n'aime ses autres amis d'enfance. Une évidence. Hier, avant-hier, il y a des semaines qu'elle feint d'ignorer cet amour, tout à coup devenu une certitude.

La vie était si belle ce matin.

Elle n'a pas oublié la couleur qu'avait l'océan au lever du jour. Elle s'en souvient exactement, et aussi de la douceur des vagues. Exactement. À cause de sa mère, de Rémi et leur petit groupe de jeunes stagiaires.

Il faisait bon ce matin, presque chaud. Elle était partie en tee-shirt, sans même prendre un pull. Elle se moquait bien que les soirées commencent à rafraîchir, que le ciel soit couvert, que sa grand-mère ronchonne et l'assomme de conseils. Elle aimait n'en faire qu'à sa tête.

2 **longer** qc suivre le bord de qc – 2 **contempler** regarder longuement, avec attention – 6 **naviguer** voyager sur l'eau – 6 **au-delà** plus loin que – 9 **sinon** sonst – 10 **l'enfance** *f* la période de la vie où l'on est encore un enfant, avant l'adolescence – 13 **feindre** faire comme si – 14 **une certitude** ce qui est sûr – 18 **la douceur** → doux – 19 **un stagiaire** une personne qui fait un stage – 23 **rafraîchir** quand il commence à faire plus froid/frais – 24 **ronchonner** montrer qu'on n'est pas content après qn en protestant avec mauvaise humeur – 25 **assommer qn de conseils** fatiguer qn en lui donnant beaucoup de conseils – 25 **n'en faire qu'à sa tête** ne faire que ce que l'on veut

Ce matin, les vagues étaient douces, l'océan presque étale sous le gris phosphorescent des nuages. Une femme naviguait. Et aussi un homme, un tout jeune homme, un grand adolescent qui ne se savait pas encore aimé. Et puis les cinq autres, avides d'aventure.

Une femme, jeune encore, et un garçon que l'on enviait, parce qu'ils avaient la chance de faire un métier qui donne l'impression de passer sa vie en vacances. Un métier passionnant, un métier qui rend heureux, et beau d'être heureux.

Ce matin, une grand-mère rabâchait ses recommandations quotidiennes, sur le même ton, avec la même exaspération mêlée de tendresse. Une fille n'en faisait qu'à sa tête. Une fille heureuse, amoureuse de l'amour.

Ce matin tout était bien parti pour une belle journée.

2 **étale** sans mouvement – 2 **phosphorescent** brillant, lumineux – 5 **avide** qui a le désir intense de faire qc – 8 **envier** désirer ce que qn d'autre a – 10 **passionnant** très intéressant – 12 **rabâcher qc** *fam* redire toujours la même chose – 13 **une recommandation** un conseil – 13 **quotidien** qui revient chaque jour – 14 **l'exaspération** *f* l'état dans lequel on est quand on est énervé – 14 **mêlé de qc** mélangé à qc – 14 **la tendresse s**entiment de douceur, d'amour qu'on a pour qn

# 2

Pendant le cours d'anglais, la secrétaire du proviseur est venue la chercher. En plein milieu du cours. Cela arrive parfois. Camille n'a aucune raison d'avoir peur. Jusqu'au bureau du proviseur, elle essaie de retrouver dans les jours passés un motif qui pourrait justifier cette convocation si urgente. Elle est agacée, mais ne s'inquiète pas vraiment.

Bien que le proviseur soit dans son bureau, ce n'est pas lui qui l'attend. Celui qui l'attend a un visage sinistre. Son regard désolé fait oublier sa tenue de gendarme. En croisant les yeux de l'homme, et seulement à cet instant-là, la jeune fille a peur.

Il commence aussitôt à parler. Il dit que le bateau de sa mère a chaviré. Cela s'est produit au lever du jour, une vague…

Elle entend les paroles de l'homme sans les comprendre. Elle sait que sa mère est vivante. Oui, elle en est sûre. Elle a entendu l'homme le dire avec une expression ridicule : « Ta mère est sauve. » Alors pourquoi cet homme est-il dans le bureau du proviseur ? Pourquoi lui parle-t-il si doucement ? Pourquoi lui pose-t-il tant de questions ? Pourquoi ses yeux sont-ils si tristes puisqu'il vient lui dire que sa mère est vivante ?

Maintenant, on la fait asseoir. Elle, assise, face au proviseur et au gendarme debout ! On lui donne de l'eau. Elle tient le verre dans ses deux mains serrées

6 **une convocation** → convoquer qn – 6 **urgent** dringend – 6 **agacé** énervé – 10 **sinistre** qui fait peur – 10 **désolé** très triste – 11 **croiser les yeux de qn** rencontrer les yeux de qn – 12 **un instant** un moment – 13 **aussitôt** tout de suite – 14 **chavirer** *pour un bateau* se retourner – 16 **les paroles** *fpl* les mots – 19 **ridicule** grotesque – 19 **sauf** en vie, → sauver (retten) – 23 **puisque** alors que – 26 **debout** ≠ assis – 27 **serré** *ici :* fermé (autour du verre)

sans songer à boire. La secrétaire l'encourage en effleurant son visage.

Il arrive qu'un bateau chavire. Chaque moniteur du centre nautique a une histoire à raconter là-dessus. Qui n'a pas dessalé un jour ? Combien de fois s'étaient-elles retrouvées à l'eau, lorsqu'elles partaient toutes les deux seules, sa mère et elle, sur une mer houleuse ?

L'homme a bien dit : « Ta mère est sauve. » Mais alors que fait-il là, ce gendarme, avec cette voix qui annonce la mort ?

Plus il parle, plus la peur de Camille grandit. Elle s'efforce de mieux écouter pour comprendre.

– Il y a des disparus, deux garçons que l'on recherche encore.

D'un seul regard, Camille fait le tour de la pièce. Elle cherche quelqu'un qui pourrait la rassurer. Près de la porte, presque caché, elle voit un deuxième gendarme. Celui-là, elle le connaît bien, c'est le père de son meilleur ami Julien. C'est sûr, il va démentir les paroles de son collègue, il va lui sourire. Sa seule présence commence à la tranquilliser. Mais non, le père de Julien se tait. Il baisse la tête sur ses mains croisées, ses mains inutiles.

Alors, elle n'a plus qu'une envie, s'enfuir. Et cette envie la tenaille si fort que, même assise, elle esquisse un pas en avant, un demi-pas, presque rien.

1 **songer** penser – 1 **encourager qn** donner du courage à qn – 2 **effleurer** toucher légèrement – 3 **un moniteur** une personne qui enseigne un sport dans un centre, *ici :* un centre nautique – 4 **un centre nautique** un centre où l'on apprend à faire du bateau – 5 **déssaler** *fam ici :* se retourner, chavirer – 8 **houleux** *pour la mer* agité, ≠ calme – 13 **s'efforcer de faire qc** faire des efforts pour + *inf* – 17 **rassurer qn** dire ou faire qc pour que qn retrouve son calme – 20 **démentir** affirmer que qn n'a pas dit la vérité – 22 **tranquilliser** → faire que qn retrouve son calme, rassurer qn – 23 **se taire** ne rien dire, garder le silence – 23 **baisser la tête** ≠ lever la tête – 23 **croisé** gefaltet – 24 **inutile** ≠ utile – 25 **s'enfuir** partir très vite – 26 **tenailler** torturer qn physiquement ou moralement – 26 **esquisser** commencer à faire qc

Les cours sont finis. La sonnerie a retenti depuis un moment déjà. Le ciel couvert obscurcit le bureau du proviseur. Il fait frais. Camille a froid sans son pull, mais elle doit rester, répondre aux questions.

* * *

Le proviseur a demandé que les questions soient posées dans son bureau, et les gendarmes ont accepté tout de suite avec soulagement. Ils paraissent pressés d'en finir. Le père de Julien reste muet, mais l'autre pose les questions en rafale :

– Où se trouve ton père ?

– Aux États-Unis.

– Tes parents sont divorcés ?

– Ils ne sont pas mariés.

– Bon, ils ne vivent pas ensemble ? On voit qu'il n'a pas envie d'insister, que ça l'ennuie.

– Non.

– Parce qu'on aurait pu le prévenir.

Elle fait non de la tête sans ouvrir la bouche.

– Tu vis seule avec ta mère ?

– Il y a ma grand-mère.

– Ta grand-mère vit avec vous ?

– On habite chez elle.

Camille croise enfin le regard du père de Julien, un regard troublé, embarrassé, qui lui fait plus de mal que de bien.

Il y a un silence et puis les questions reprennent.

1 **retentir** sonner – 2 **obscurcir** priver de lumière, rendre sombre – 8 **un soulagement** Erleichterung – 8 **paraître** sembler – 8 **(paraître) pressé** es eilig haben – 9 **muet** qui ne peut pas parler – 10 **en rafale** *ici :* sans s'arrêter – 12 **les États-Unis** *mpl* die Vereinigten Staaten von Amerika – 13 **divorcé** geschieden – 14 **marié** ≠ divorcé – 16 **ennuyer** → l'ennui *m* – 18 **prévenir qn** informer qn – 25 **troublé** bewegt – 25 **embarrassé** gêné – 27 **reprendre** recommencer

– Ta mère est partie dimanche soir rejoindre le centre nautique pour commencer son stage de voile le lundi matin. C'est bien ça ?

Le gendarme a remis son képi. Il le soulève parfois, juste le temps de s'éponger le front avec un grand mouchoir blanc à rayures rouges. Obnubilée par le mouchoir sur lequel elle croit voir du sang, Camille n'a rien entendu de la dernière phrase.

Et, brusquement, tout se déroule dans sa tête, elle tressaille sans bouger de sa chaise. « Rémi ! » hurle-t-elle sans que le moindre son sorte de ses lèvres.

Le proviseur et la secrétaire se tiennent debout tout près d'elle. Elle pourrait les toucher en bougeant les doigts. Comme s'il avait senti le frisson qui fait trembler son élève, le proviseur coupe court :

– Camille doit rentrer chez elle maintenant.

Le ton de sa voix, ferme, inflexible, fait comprendre qu'il ne se prêtera pas plus longtemps à cet insupportable interrogatoire, ou qu'il ne veut plus en être le témoin.

Alors Camille se lève d'un bond. On vient de la libérer, elle peut fuir. Le gendarme n'a pas un geste pour la retenir.

1 **rejoindre** aller retrouver – 4 **un képi** une casquette militaire – 4 **soulever qc** lever qc à une faible hauteur – 5 **s'éponger le front** sich die Stirn abtupfen – 6 **un mouchoir** Taschentuch – 6 **une rayure** Streifen – 6 **obnubilé** ne pas pouvoir penser à autre chose – 9 **brusquement** tout à coup – 9 **se dérouler** passer, avoir lieu – 10 **tressaillir** avoir un mouvement soudain du corps à cause d'une émotion – 10 °**hurler** crier très fort – 11 **le moindre** le plus petit – 14 **un frisson** un tremblement (Zittern) accompagné d'une sensation de froid – 18 **se prêter à qc** accepter qc – 19 **insupportable** terrible, horrible – 19 **un interrogatoire** quand un policier ou une autre personne pose beaucoup de questions à qn (→ interroger) – 20 **un témoin** Zeuge – 21 **se lever d'un bond** mit einem Satz aufspringen – 22 **libérer** rendre sa liberté à qn – 23 **retenir qn** *ici :* garder qn plus longtemps

# 3

À moitié sonné par son cours de philo, Antoine, le copain de cœur, le compagnon de Camille, s'apprête à sortir du lycée. Au portail, il est rattrapé par Julien.

– Tu as vu Camille ?

– Non, je l'attends ! Elle n'est pas avec toi, vous sortez tard ! Vous aviez qui ?

– Delmas.

– Jamais pressé celui-là !

– C'est pas ça !

– Quoi alors ?

– Camille a été appelée au bureau du proviseur. En plein milieu du cours.

– Pourquoi ?

Julien change brusquement de visage en voyant la voiture de la gendarmerie garée près de l'entrée du lycée.

– Qu'est-ce qu'ils foutent là ?

– Tiens, il y en a un qui sort. C'est ton père.

– Attends-moi, Antoine, je vais me renseigner.

Julien part en courant vers la voiture qu'il atteint au moment où son père ferme la portière.

– Qu'est-ce qu'il se passe ?

– Rien ! Ce ne sont pas tes affaires. Rentre à la maison.

– Mais vous êtes là pourquoi alors ?

– De toute façon tu vas l'apprendre vite.

– Quoi, mais quoi ?

1 **la philo** *Abk* la philosophie – 2 **un compagnon** *ici :* un petit ami – 2 **s'apprêter à faire qc** aller faire qc – 3 **un portail** une grande porte ouvrant sur une entrée principale – 15 **la gendarmerie** → un gendarme – 15 **garer** parken – 17 **foutre** *vulg* faire – 19 **se renseigner** s'informer – 20 **atteindre** arriver à un endroit – 21 **une portière** une porte de voiture

– Le voilier de Laure Duval a chaviré.

– Laure s'est noyée ? La mère de Camille s'est noyée ?

– Non !

– Eh bien, dis donc ! Tu m'as fichu une de ces frousses !

Juste avant que le chef de brigade ne regagne la voiture, le père de Julien se dépêche de marmonner :

– Il y a deux disparus !

La voiture démarre. Julien se retrouve sans voix sur le trottoir.

La cour est vide. Seul, appuyé au mur d'entrée, Antoine attend Camille. Dès qu'il la voit, il la rejoint, entoure ses épaules sans dire un mot. Sa grande main lui tient chaud, là où justement elle frissonne.

À part cette main sur son épaule, Camille ne sent qu'un grand vide en elle. Son cœur est muet. Rémi ? Antoine ? Peut-on aimer deux hommes à la fois ? Le visage de Rémi rôde dans sa tête, et elle se serre contre le grand corps si rassurant d'Antoine.

Ensemble, ils se dirigent vers la petite maison aux volets bleus. Derrière les rideaux des voisins, à peine

1 **un voilier** un bateau à voile – 2 **se noyer** ertrinken – 5 **ficher la frousse à qn** *fam* faire peur à qn – 7 **une brigade** la plus petite unité de gendarmes – 7 **regagner un endroit** retourner à un endroit – 8 **se dépêcher de faire qc** faire qc vite – 8 **marmonner** parler bas, entre ses dents – 10 **démarrer** partir, commencer à rouler – 13 **appuyé** *ici :* gelehnt – 14 **dès que** quand, au moment où – 14 **entourer les épaules de qn** mettre le bras autour des épaules (Schulter) de qn – 16 **frissonner** → un frisson – 20 **rôder** *ici :* aller et venir – 20 **se serrer contre qn** se rapprocher le plus possible de qn – 21 **rassurant** qui tranquillise, qui donne un sentiment de sécurité – 22 **se diriger vers un endroit** aller vers un endroit, prendre la direction de qc – 23 **un volet** Fensterladen – 23 **un rideau** Vorhang – 23 **à peine** très peu

soulevés, ils ont le temps d'apercevoir des visages, des yeux aux aguets.

Tout au long du chemin, ils restent silencieux. Serrés l'un contre l'autre et silencieux. Elle ne comprend pas comment Antoine a appris ce qui est arrivé, mais elle est sûre qu'il sait, comme savent déjà tous ceux qui l'épient derrière leurs rideaux.

Devant la porte de sa maison, Camille se tourne vers le garçon et doucement, de la main, elle le repousse. « Deux disparus... Ta mère est sauve. » Ces mots s'entrechoquent dans sa tête. Ils y font maintenant un raffut énorme. Avant d'ouvrir la porte, elle regarde Antoine s'éloigner. S'il se retourne, elle courra vers lui. Il connaît peut-être les noms des disparus. D'Antoine, elle pourrait accepter ces noms. Lui ne les abîmera pas en les nommant. Mais Antoine ne se retourne pas.

Avant de rentrer chez lui, Antoine va jusqu'au centre nautique, pour essayer de comprendre ce qui s'est exactement passé. Camille connaît tous les moniteurs depuis l'enfance, ils sont tous du pays, comme elle. Il sait qu'elle va souffrir, et cela lui fait déjà mal. Il se demande s'il saura l'aider, elle est si fragile, si sensible, joyeuse souvent et puis dans l'instant même, sur un mot de travers, un regard indifférent, elle peut très bien avoir les larmes aux yeux. Il l'aime ainsi. Il l'aime. Et elle vient de le repousser.

2 **être aux aguets** observer avec attention – 3 **silencieux** → le silence – 7 **épier** observer et écouter attentivement et secrètement – 11 **s'entrechoquer** se bousculer – 12 **un raffut** *fam* un grand bruit – 15 **abîmer qc** beschädigen – 16 **nommer** *ici :* dire le nom de qn – 22 **souffrir** avoir de la douleur, du chagrin – 23 **fragile** ≠ fort – 24 **joyeux** gai, heureux, content (→ la joie) – 25 **indifférent** qui ne s'intéresse pas à qn/qc ≠ sensible – 26 **ainsi** comme ça

# 4

Au milieu du couloir, toute noire dans la pâleur du mur, toute droite, sa grand-mère l'attend. Elle a eu le geste d'ouvrir les bras, mais Camille n'est pas prête à se laisser consoler. Elle croit pouvoir parler, seul un tout petit mot franchit ses lèvres :

– Qui ?

– Florent et Rémi.

Le cœur de Camille ne bronche pas. Comme si déjà elle savait. Comme s'il était impossible qu'un autre nom soit prononcé.

– On va les retrouver.

– Peut-être. Ce n'était qu'un murmure, mais Camille se révolte.

– Je te dis qu'on va les retrouver. Rémi est un champion de surf, ce n'est pas une vague qui…

– Tais-toi, ma petite fille, tant qu'on ne sait rien.

– Où est maman ?

– À la gendarmerie.

– Mais, pourquoi ?

– C'est seulement une garde à vue, ils vont la relâcher.

– Quand ?

– Demain, sans doute, demain…

– Les gendarmes sont venus ici aussi, alors ?

– Oui.

Les yeux de la vieille dame sont secs, froids, presque noirs ses beaux yeux gris. Elle respire vite comme si

1 **un couloir** Gang – 1 **la pâleur** aspect d'une personne ou d'une chose qui a perdu ses couleurs – 5 **franchir** aller au-delà d'une limite, passer une limite – 8 **broncher** réagir – 10 **prononcer** *ici :* dire – 12 **un murmure** une parole dite très bas, qu'on n'entend presque pas – 20 **une garde à vue** quand une personne doit rester 24 heures au commissariat / à la gendarmerie pour un interrogatoire – 21 **relâcher** remettre en liberté – 23 **sans doute** certainement, sûrement – 27 **respirer** atmen

elle venait de courir, comme s'il lui fallait absolument récupérer l'air qui lui manque toujours un peu, à cause de son cœur fatigué.

– Je voudrais la voir.

– Ils ne te le permettront pas. C'est la procédure.

Tout doucement, la grand-mère s'approche de sa petite-fille. Tout doucement, elle pose ses doigts sur le bras de Camille, fait glisser sa main jusqu'à recouvrir celle de Camille et la tient serrée.

Ensuite, elle l'entraîne vers la cuisine, vers la table où se trouve un bol de riz au lait. De sa main libre, l'aïeule saisit le bol, le place devant Camille, ramène la cuillère vers elle presque jusqu'à sa bouche.

Camille se dépêche de tout manger comme si de se précipiter, de se jeter sans réfléchir dans ce plaisir d'enfant allait suffire à la tranquilliser. Lorsqu'elle a fini, alors seulement ses larmes coulent. Ce retour à l'enfance à travers son dessert préféré semble avoir levé la digue. Ses joues sont inondées. Les larmes tombent partout sur ses mains et jusque dans le bol vide où elles diluent les dernières traces de lait.

La grand-mère ne pleure pas. On vient d'emmener sa fille, on va peut-être l'emprisonner telle une criminelle, mais la grand-mère ne pleure pas. Droite et digne, elle fait face au malheur. Et lorsque les mots manquent pour expliquer l'incompréhensible, elle retourne à ses occupations de ménagère.

1 **absolument** à tout prix (unbedingt) – 2 **récupérer** *ici :* reprendre – 5 **c'est la procédure** c'est la règle/marche à suivre – 8 **faire glisser** hinuntergleiten – 11 **du riz au lait** Milchreis – 12 **l'aïeule** la grand-mère – 12 **saisir** *ici :* **prendre** – 12 **ramener qc vers qn** porter qc vers qn – 13 **une cuillère** Löffel – 14 **se précipiter** aller très vite pour faire qc – 19 **une digue** un mur qui protège le port ou les côtes des eaux de la mer – 19 **inondé** *ici :* couvert de larmes – 21 **diluer** *ici :* verdünnen – 23 **emprisonner** mettre en prison – 23 **tel** comme – 24 **droit** aufrecht – 25 **digne** würdevoll – 27 **une ménagère** qui s'occupe du ménage, de la maison (Haushalt)

Sans cesser de claquer des dents, Camille enfile son pull et referme doucement la porte.

Elle pourrait courir vers le centre nautique, se mêler à ceux qui attendent des nouvelles. Tout le monde la connaît là-bas. Pourtant, elle ne prend pas la route qui mène à l'école de voile. Elle se retrouve sur le chemin de la falaise.

* * *

Sur la terre, la brume du soir s'accroche déjà à la cime des arbres. Mais, du côté de la mer, les dernières lueurs du couchant éclairent l'horizon.

Sans une hésitation, Camille trouve la brèche dans le petit mur, escalade les pierres écroulées, écarte les tiges souples des genêts pour enfin sentir sous ses pieds les cailloux du sentier que plus personne n'emprunte depuis longtemps.

Au bout, il y a la falaise. Et la mer. La mer grise, sombre, métallique.

Elle l'a entendue avant même de la voir.

1 **cesser** arrêter – 1 **claquer des dents** mit den Zähnen klappern – 1 **enfiler** *fam* mettre un vêtement, s'habiller – 9 **la brume** Nebel – 9 **s'accrocher à qc** *ici :* se poser sur qc – 9 **une cime** *litt* le haut d'un arbre – 10 **une lueur** une petite lumière pâle – 11 **éclairer** illuminer (→ une lumière) – 12 **sans une °hésitation** sans réfléchir, sans attendre – 12 **une brèche** un trou – 13 **écroulé** tombé les uns sur les autres – 13 **écarter** pousser sur le côté, éloigner – 14 **une tige** *ici :* Zweig – 14 **souple** flexible – 14 **un genêt** Ginster – 15 **un sentier** un petit chemin – 16 **emprunter** prendre – 17 **au bout de qc** ≠ au début de qc

# 5

Assise sur la terre rêche, dans le brouillard qui mouille ses cheveux, loin de tout, Camille parle à la mer.

Peu à peu les vagues grossissent, craquent sur les rochers, trouent d'écume blanche la brume livide. Mais leur bruit infernal n'arrive pas à couvrir les cris de cette fille qui insulte la mer.

Elle hurle, elle sanglote, elle prononce des mots sans suite, des mots qui ne veulent rien dire, des injures pour faire taire la mer, des menaces pour qu'elle rende ce qu'elle a pris. Elle la supplie, l'implore, la flatte, lui murmure qu'elle la sait capable de tous les miracles. Puis, à nouveau, en hurlant, elle la maudit.

Elle n'a rien avoué à Rémi. Comment aurait-elle pu lui parler d'amour, alors qu'elle ignorait jusqu'à ce jour la force de ce sentiment ? Elle est amoureuse d'Antoine. Tout le monde le sait. Antoine, son ami de cœur, Julien, son confident : Rémi, lui, a toujours été son héros. Plus fort que tous les autres, plus intrépide, plus amusant. Il sait toujours la faire rire. Bien parti pour être un aventurier, un navigateur, il la fascine. Mais elle sait aussi qu'il n'a pas un tempérament à se laisser enfermer. Camille est secrète, idéaliste, entière. Comment le partager avec la mer ?

Pourtant en cette heure terrible elle se dit, se répète que Rémi ne peut pas avoir disparu sans savoir qu'elle

1 **rêche** ≠ doux – 1 **le brouillard** Nebel – 1 **mouiller** ≠ être sec – 3 **grossir** → gros – 3 **craquer** faire un bruit sec – 4 **l'écume** *f* Schaum – 4 **livide** pâle, blanc – 5 **infernal** *ici :* très fort – 5 **un cri** → crier – 6 **insulter** beschimpfen – 7 **sangloter** pleurer – 8 **une injure** Schimpfwort – 10 **supplier qn de faire qc** jdn anflehen etw zu tun – 10 **implorer** supplier – 10 **flatter** faire un compliment pour plaire – 12 **maudire** verfluchen – 17 **un confident** une personne à laquelle on raconte ses secrets, un ami intime – 18 **intrépide** plein de courage – 20 **un aventurier** une personne qui aime l'aventure – 20 **un navigateur** une personne qui navigue sur un bateau – 21 **un tempérament** un caractère – 22 **enfermer** devoir rester dans un lieu fermé – 22 **entier** *ici :* qui refuse les compromis

l'aime si fort. Non, il ne peut pas mourir sans savoir qu'elle l'aime, lui ! Ces choses-là n'arrivent pas, ne peuvent pas arriver.

Alors, comme elle a injurié la mer, elle injurie Rémi. Elle le traite de lâche, de mauviette, d'empoté. Lui hurle de se défendre, de ne pas abandonner, de ne pas l'abandonner puisqu'elle l'aime. Elle l'aime !

Un grand frisson la parcourt tout entière. Elle a dit le mot jamais prononcé. Et la mer, en bas, ricane, chante et prie dans le même tumulte.

* * *

La nuit est tombée. Le téléphone n'a pas sonné une seule fois depuis son retour de la falaise, comme si, au-delà de la petite maison aux volets bleus, la vie s'était arrêtée pour tous. Camille n'a plus de copains, plus de famille, plus de voisins. Retranchée dans sa peur, elle ne peut pas deviner que ceux qui voudraient l'aider ne savent pas comment s'y prendre. Et elle a repoussé Antoine.

Les autres ne lui manquent pas, seule sa mère lui manque. Elle voudrait être près d'elle, prisonnière avec elle. Lui parler. Sa mère, elle, saurait la rassurer, lui dire la force de Rémi. Qui pourrait le connaître mieux qu'elle ? Il est son second, elle l'a choisi pour son adresse, pour ses compétences, pour sa passion de la mer, pour sa force, sa puissance. Sa mère lui

4 **injurier** dire des injures, insulter – 5 **traiter qn de qc** insulter qn, dire qc de méchant à qn – 5 **lâche** qui n'a pas de courage – 5 **une mauviette** *fam* une personne sans courage – 5 **un empoté** *fam* Tollpatsch – 6 **abandonner** aufgeben – 7 **abandonner qn** laisser qn seul, quitter qn – 8 **parcourir** traverser – 9 **ricaner** se moquer de qn, rire bêtement – 10 **un tumulte** un grand bruit chaotique – 16 **retranché dans qc** caché derrière qc – 21 **un prisonnier** une personne qui est enfermée, en prison – 26 **la puissance** la force, l'énergie

interdirait de désespérer. Avec un garçon comme Rémi, on n'a pas le droit de ne plus espérer.

Toute sa vie, sa courte vie lui revient : un père indifférent, parti au loin, qui ne donne que très rarement de ses nouvelles, qui ne l'a pas reconnue, dont elle ne porte pas le nom, auquel elle ne pense pas ou peu. Une grand-mère rigide, exigeante et tendre à la fois, présente toujours sans prendre beaucoup de place. Mais une enfance joyeuse auprès d'une maman qui savait si bien jouer, la faire rire, lui raconter des histoires, lui apprendre la mer. Et puis l'adolescence plus difficile à cause des périodes de vaches maigres : sorties interdites, fringues trop chères, et la rage de ne pas pouvoir faire comme les autres, ceux dont les parents gagnent plus d'argent. Des jours misérables, des jours magnifiques. Ses amis Julien, Sofia, Antoine, Rémi... Comment rayer les derniers instants, revenir en enfance ? Cette enfance que, la veille encore, elle avait tellement hâte de quitter. Ses besoins d'évasion vers les pays cachés de l'autre bout du monde s'éteignent d'un seul coup. Un unique désir l'habite qu'elle voudrait satisfaire immédiatement : voir sa mère.

Ihr ganzes kurzes Leben zieht an ihr vorüber:
Vater, der sie ohne Namen nicht wiedererkennen würde
Großmutter, streng
glückliche Kindheit, wegen Mutter
schlechte Tage - gute Tage.
will wieder Kind sein, hat das Bedürfniss abzuhauen
-> Sie hat einen einzigen Wunsch, den sie sofort erfüllen will

* * *

1 **désespérer** ≠ espérer – 5 **rarement** ≠ souvent – 7 **rigide** strict, ≠ flexible – 7 **exigeant** → exiger – 8 **tendre** qui montre de la tendresse (→ p. 12) – 9 **auprès de** près de – 12 **l'adolescence** *f* → un adolescent – 12 **une période de vache maigre** une période où l'on manque de tout – 14 **la rage** la colère – 16 **misérable** triste – 17 **rayer** faire disparaître, oublier – 19 **avoir hâte de faire qc** être impatient de faire qc, vouloir faire qc très vite – 20 **une évasion** l'action de fuir – 21 **s'éteindre** *ici :* disparaître – 22 **unique** le seul – 22 **satisfaire** *ici :* réaliser – 23 **immédiatement** tout de suite

nämlich ihre Mutter sehen

Abrutie de terreur, Camille sombre dans le sommeil, ce trou d'eau profonde, glauque et gluante qui la retient, l'assaille, l'encercle. Et c'est le silence qui la réveille.

Il est 9 h 10, la maison n'a pas bougé.

Réaliser l'absence, retrouver la vie à l'instant où elle l'a abandonnée ne lui demande que quelques secondes. Il ne vient d'en bas ni l'odeur forte du café ni le son joyeux de cette voix qui, dans le demi-sommeil, l'a si souvent exaspérée.

Ce qu'elle a vécu la veille défile devant ses yeux. Et si ce n'était qu'un cauchemar ? De ceux qui laissent au matin la gorge sèche et les membres lourds. Camille écoute, prête à croire, à espérer. Un instant, elle s'empêche de respirer. Mais seul le vent fait du tapage.

La gaieté, la vivacité d'une mère qui claque les portes, chante sous la douche, s'époumone dans l'escalier pour la faire sortir du lit, font partie du passé, un passé si proche… Elle retrouve sans les rechercher les jours heureux : les fous rires à deux lorsqu'il fallait s'y reprendre à plusieurs fois pour accoster dans la crique inaccessible, les bains forcés quand la petite barque empruntée à quelque vieux pêcheur se faisait malmener par la mer, les plongeons depuis les murs de la citadelle, la traque des crabes dans les rochers

1 **abruti de qc** überwältigt von etw – 1 **le sommeil** quand on dort – 2 **profond** tief – 2 **glauque** *ici :* d'un bleu presque vert, trouble – 2 **gluant** collant (klebrig) – 3 **assaillir** attaquer – 3 **encercler** entourer d'un cercle, *ici :* emprisonner – 6 **l'abscence** *f* → un absent – 8 **l'odeur** *m* Geruch – 10 **exaspérer** énerver – 11 **défiler** se dérouler (sich abspielen) – 12 **un cauchemar** un mauvais rêve – 13 **un membre** *ici :* une partie du corps – 15 **s'empêcher de faire qc** s'interdire de faire qc – 15 **faire du tapage** faire du bruit – 17 **la gaieté** → gai – 17 **la vivacité** Lebhaftigkeit – 18 **s'époumoner** *ici :* crier très fort – 22 **accoster** anlegen – 23 **une crique** Bucht – 23 **inaccessible** auquel on n'a pas accès (Zugang) – 23 **forcé** qu'on ne peut pas éviter – 24 **une barque** un petit bateau – 24 **un pêcheur** → la pêche – 25 **malmener** hin und her rütteln – 25 **un plongeon** → plonger – 26 **la traque** la chasse

avec la peur délicieuse de se laisser surprendre par la marée. L'océan, le compagnon de jeux que sa mère lui a donné dès l'enfance.

Camille se penche à la fenêtre. Le ciel est bleu, avec du côté de la mer des nuages de brume que le vent fait courir. Dans les maisons voisines, les volets sont encore fermés. Tout est calme, propre, vide. Le malheur prend toute la place.

Die Stille weckt sie auf, es ist niemand im Haus
im Halbschlaf ist sie genervt
sie fragt sich ob es ein Albtraum war, sie ist ganz still
und stellt fest, dass nur der Wind Lärm macht

-> es ist alles still, auch bei den Nachbarn, deren Vorhänge
noch zugezogen sind
das Unglück nimmt den gesamten Platz ein

1 **surprendre** prendre par surprise – 3 **dès** depuis – 4 **se pencher** sich beugen –
7 **propre** ≠ sale

# 6

Comme il le fait tous les matins, le facteur a laissé le journal local dans la boîte aux lettres. Elle ne contient rien d'autre, pas le moindre prospectus, pas la plus petite carte postale. Un journal qui sait tout ce que Camille ignore encore.

La bande blanche où est inscrit le nom de l'abonnée est assez large pour couvrir le premier paragraphe. Ce que l'on voit sans la déchirer, quelques mots écrits en lettres très noires, pousse les curieux à lire encore :

**DRAME DE LA MER**
**DEUX ADOLESCENTS ONT DISPARU**

Un long moment, Camille fixe le journal plié sans y toucher. Le journal scellé qui lui cache la phrase redoutable, comme s'il regrettait déjà le mal qu'il va faire.

La grand-mère fait sauter la bande d'un coup de pouce. Camille n'a pas bougé.

*« Une monitrice du centre nautique placée en garde à vue.*

*Laure Duval a été interpellée hier suite au drame terrible survenu en mer ce mardi 23 septembre.*

*Lors d'une sortie d'entraînement ordinaire, un tragique accident aux circonstances encore mal*

1 **le facteur** la personne qui distribue le courrier – 2 **la boîte aux lettres** Briefkasten – 2 **contenir** avoir à l'intérieur, renfermer – 6 **inscrit** *ici :* écrit – 8 **déchirer** zerreißen – 12 **fixer** *ici :* regarder de façon continue et insistante – 12 **plié** zusammengefaltet – 13 **scellé** fermé hermétiquement – 14 **redoutable** qui fait peur – 16 **faire sauter** enlever, déchirer – 17 **un pouce** Daumen – 20 **être interpellé (par la police)** être arrêté – 21 **survenu** arrivé – 22 **lors de** pendant – 22 **un entraînement** → s'entraîner – 23 **ordinaire** normal, banal

*élucidées a provoqué la disparition en mer de deux adolescents en stage au centre nautique. Il semblerait qu'une lame ait fait chavirer le voilier. Faisant preuve de sang-froid, la monitrice a organisé le sauvetage des naufragés. Malheureusement, seuls quatre jeunes gens sur les six qui se trouvaient à bord ont pu être récupérés. À l'heure où nous mettons sous presse, les opérations de recherche ont été interrompues et il n'y a plus guère d'espoir de retrouver des survivants.*

*Le Parquet s'est saisi de l'affaire, l'heure est à l'élucidation des circonstances du drame et à la recherche des responsabilités. On s'interroge sur d'éventuelles négligences dans la préparation et la conduite de cette sortie en mer. On sait par ailleurs que les conditions météorologiques n'étaient pas particulièrement favorables... »*

Camille ferme les yeux puis les ouvre à nouveau pour rechercher le nom de Rémi dans la suite du texte. Mais aucun autre nom ne figure sur le journal. Et si on s'était trompé, si Rémi...

Elle pose le doigt sur le nom de sa mère, du bout des doigts elle caresse les deux mots accolés.

Ein Unfall während eines gewöhnlichen Trainings ist der Grund für das Verschwinden von 2 Jugendlichen Praktikanten
-> es scheint als wäre eine Welle für das Untergehen d. Bootes schuld, die Aufseherin hat veranlasst die Schiffbrüchigen zu suchen, nur 4 von 6 Praktikanten wurden gerettet
Die Suche wurde unterbrochen, es gibt kaum noch Hoffnung Überlebende zu finden
Man sucht nach Ursachen für den Unfall, man weiß, dass die Wetterbedingungen nicht gerade gut waren

1 **élucidé** expliqué – 1 **provoquer** être la cause de – 1 **la disparition** → disparaître – 3 **une lame** *ici :* une vague – 3 **faire preuve de sang-froid** rester calme – 4 **un sauvetage** → sauver – 5 **un naufragé** Schiffbrüchige(r) – 7 **récupérer** *ici :* sauver – 9 **guère** peu – 10 **le Parquet** Staatsanwaltschaft – 10 **se saisir d'une affaire** s'occuper d'une affaire – 11 **l'élucidation** *f* le fait d'expliquer ce qui est n'est pas clair – 11 **les circonstances** les causes, les détails – 13 **éventuel** possible – 13 **une négligence** un oubli qui pourrait être à l'origine de l'accident – 14 **par ailleurs** außerdem – 16 **favorable** bon – 19 **figurer sur qc** être écrit sur qc – 21 **le bout** *ici :* l'extrémité – 22 **accolé** l'un à côté de l'autre

Sie schließt die Augen, öffnet sie sucht Rémis Namen, findet keinen einzigen, sie legt die Finger auf den Namen ihrer Mutter und streicht darüber

– Tu vois ce qu'ils ont écrit là ?

La main de la grand-mère pousse les doigts de Camille, les détache du nom de Laure, les mène jusqu'à la ligne qui seule paraît retenir son attention : « *Faisant preuve de sang-froid, la monitrice...* » Et elle murmure :

– Pauvre petite. Peut-être a-t-elle dit « pauvres petits ». Camille n'a pas bien entendu les mots à peine bredouillés.

Pour la première fois elle pense à Florent, l'autre disparu. Elle ne connaît pas son visage, à peine son nom, elle sait que c'est son deuxième stage, et qu'il venait juste de le commencer. Elle ne l'a jamais vu. Pourtant, elle reçoit un coup de poing dans le ventre avec la certitude qu'elle ne le connaîtra jamais. La disparition du garçon inconnu la sort du rêve qu'elle s'est construit. Son nom n'est pas plus mentionné sur le journal que celui de Rémi. Il y a bien pourtant deux jeunes qui n'ont pas été retrouvés. Elle reprend une à une les premières lignes du récit : « *...deux adolescents en stage au centre nautique...* »

Pourquoi ne disent-ils pas que Rémi est moniteur de voile comme Laure ? Et si le journaliste avait raison ? Si le deuxième disparu était un stagiaire comme Florent ?

– Rémi ? murmure-t-elle.

– Oui, vous étiez ensemble à la maternelle.

– Non !

– Il me semble bien, pourtant...

– Il est plus âgé que moi, Rémi.

3 **détacher** ≠ attacher – 4 **retenir l'attention de qn** intéresser qn – 9 **bredouiller** parler d'une manière confuse et peu claire – 14 **un coup de poing** Faustschlag – 17 **mentionner** citer – 20 **un récit** une histoire

– Et Florent, tu le connaissais ?

Camille tourne la tête de droite à gauche.

– Je suis sûre que ta mère a tout essayé pour les sauver. Si elle n'avait pas dû ramener les quatre autres, elle aurait lutté jusqu'au bout de ses forces.

– Qu'en sais-tu, toi qui ne connais rien de la mer !

La grand-mère sursaute. Camille a crié sans articuler, comme un enfant qui vient de se faire mal.

– Ne crie pas !

– Que vont-ils faire de maman ? Pourquoi on l'accuse ?

– C'est une garde à vue, pour l'enquête.

Mais Camille ignore tout de la marche de la justice et, soudain, à la douleur s'ajoute la peur de l'inconnu. Comment pourrait-elle supporter de perdre aussi sa maman ?

Elle se sent toute petite. Elle voudrait revenir sur la falaise, regarder la mer jusqu'au plus loin de l'horizon, à l'endroit où le bateau a chaviré. Demander encore et encore des comptes à l'océan. Sa tête tourne, et la main qui hier serrait sa gorge a repris ses manœuvres d'étouffement. Pour la première fois de sa vie, Camille a peur de l'appel hypocrite de la falaise. Elle a peur qu'arrivée là-bas, à la limite du vide, l'envie soit trop forte de s'envoler jusqu'à la mer.

4 **ramener qn** jdn zurückbringen – 5 **lutter** kämpfen – 7 **sursauter** réagir par un geste de surprise ou de peur – 7 **articuler** deutlich sprechen – 11 **accuser qn** *ici :* jdn (für einen Unfall) die Schuld geben – 12 **une enquête** Ermittlung – 14 **soudain** tout à coup – 15 **supporter** accepter, tolérer – 19 **demander des comptes à qn** demander des explications à qn – 21 **une manœuvre d'étouffement** faire que qn ne puisse plus respirer (→ p. 20) – 23 °**hypocrite** faux (heuchlerisch) – 25 **s'envoler** *ici :* se jeter du haut de la falaise (sich stürzen)

# 7

Camille n'a pas cours le mercredi. Si elle voulait, elle pourrait se recoucher et rester au lit toute la journée. Aujourd'hui, sa grand-mère ne dirait rien. Un instant, elle hésite à se laisser aller à cette douceur, s'enfouir sous la couette, volets fermés. Ne voir personne jusqu'au retour de sa mère. Se réfugier dans le sommeil. S'endormir pour ne se réveiller que lorsque tout serait redevenu comme avant. Essayer de rêver que tout est comme avant.

Revoir le visage de Rémi qui déjà s'échappe. Le Rémi encore bronzé par le soleil du plein été. Son rire, ses gestes. Une image inattendue, plus nette que le visage de l'homme, lui saute aux yeux. C'est celle du petit garçon audacieux qui plongeait entre les bateaux dans l'eau huileuse du port. Elle voudrait repartir de là, retrouver l'enfant de dix ans qu'elle enrageait de ne pas égaler. Elle entend son éclat de rire quand elle remontait du fond de l'eau où il s'était amusé à l'entraîner. Plus vif que les autres. Toujours à l'affût de quelque nouveauté périlleuse. Cabotin qui pouvait se lancer du plus haut des rochers dans la mer profonde pourvu que Camille le regarde, l'admire, batte des mains. Rémi vivant !

4 °**hésiter** ne pas pouvoir se décider, ne pas savoir quoi faire – 4 **s'enfouir sous qc** se mettre sous qc pour se protéger – 5 **une couette** Decke – 6 **se réfugier dans le sommeil** sich in den Schlaf flüchten – 10 **s'échapper** *ici :* disparaître – 12 **inattendu** que l'on n'attendait pas – 12 **net** clair, précis – 14 **audacieux** très courageux – 15 °**huileux** → l'°huile *f* – 16 **enrager de ne pas faire qc** être en colère de ne pas pouvoir faire qc – 17 **égaler** être égal en qualité à qn d'autre, avoir autant de qualités que qn d'autre – 17 **un éclat de rire** quand qn rit de manière bruyante et soudaine – 19 **vif** lebhaft – 19 **à l'affût de qc** à la recherche de qc – 20 **une nouveauté** → nouveau – 20 **périlleux** dangereux – 20 **un cabotin qn** qui veut se faire admirer des autres – 20 **se lancer** se jeter, plonger – 22 **pourvu que** à condition que – 22 **admirer qn** jdn bewundern

La grand-mère a préparé le repas avec ce que Camille aime bien. La nourrir lui paraît le meilleur moyen de l'aider, le seul moyen. La vieille dame parle peu, intimidée par cette adolescente glaciale, ce pauvre petit chat écorché qu'elle voudrait tant prendre dans ses bras sans savoir comment y parvenir. Avec Laure, elle saurait. Avec Laure, tout est tellement plus facile, les discussions s'enchaînent, s'entremêlent dans les rires ou les cris. Camille, elle, est renfermée, silencieuse. Insatisfaite ou comblée, gaie ou maussade, elle semble depuis toujours à la poursuite d'un rêve flou, certainement inaccessible. La plus petite souffrance fait de tels ravages chez cette enfant trop sensible...

Camille mange peu. Elle monte dans sa chambre et redescend aussitôt. Elle dit seulement en poussant la porte :

– Je vais voir Julien.

* * *

Dans la rue qui mène à la gendarmerie, Camille ne croise que deux chats et un vieux monsieur qui regarde ses pieds en marchant.

La plupart des volets sont clos. Il n'y a plus de vacanciers, c'est déjà la morte-saison. Deux jours plus tôt, elle n'aurait pas fait attention à ce silence, mais aujourd'hui il lui semble que la ville entière s'est enfermée pour ne pas prendre part au drame. La

2 **nourrir** donner à manger – 4 **intimidé** eingeschüchtert – 4 **glacial** très froid – 5 **écorché** wund – 6 **parvenir à faire qc** réussir à faire qc – 8 **s'enchaîner** se suivre sans interruption – 8 **s'entremêler** se mélanger – 10 **insatisfait** ≠ content, heureux – 10 **comblé** ≠ insatisfait – 10 **maussade** triste – 11 **à la poursuite de qc** à la recherche de qc – 12 **flou** vague, confus; ≠ clair, concret – 13 **un ravage** *ici :* un trouble moral – 23 **la plupart** *ici :* presque tous, une grande partie – 23 **clos** fermé – 24 **un vacancier** une personne qui est en vacances – 25 **tôt** ≠ tard

colère enfle en elle, elle bafouille : « Que croient-ils, tous ces trouillards ? Que craignent-ils ? Que la mer vienne les prendre à leur fenêtre ? Reviens, Rémi ! Montre-leur ce que tu sais faire avec l'océan ! Reviens, Rémi, puisque je t'aime. »

L'appartement où vit Julien est situé dans les locaux de la gendarmerie, juste au-dessus des bureaux. Camille n'est plus qu'à quelques mètres du portail.

Venus des rues avoisinantes, des inconnus passent devant elle sans paraître remarquer sa présence. Le fourgon des gendarmes la frôle. Et le hurlement de la sirène la plaque au mur.

Une peur panique, incontrôlable, l'empêche de faire un pas de plus. Et si sa mère était dedans ? Si c'était elle que l'on emmenait ? Des images de menottes, de bâillons, de tortures ignobles passent devant ses yeux, lui font tourner la tête, lui donnent la nausée. Des images suivies d'autres images plus floues. Et si le fourgon allait chercher le corps de Rémi ! Ou Rémi et Florent vivants ! Camille les voit, elle sent sur eux l'odeur de l'océan, elle entend leurs rires. Et puis, à nouveau, le corps de Rémi, ses cheveux clairs auxquels sont mêlées des algues visqueuses.

Camille tremble et gémit si bas que personne ne peut l'entendre. D'ailleurs qui songerait à la consoler, elle dont la mère est vivante ?

1 **enfler** grandir – 1 **bafouiller** parler de manière confuse – 2 **un trouillard** une personne qui a très peur – 6 **un local** une pièce ou plusieurs pièces réservées à un usage particulier, commercial (gewerblich), professionnel, privé… – 9 **avoisinant** → voisin – 11 **un fourgon** un véhicule pour transporter les prisonniers – 11 **frôler** passer près – 11 **un °hurlement** un cri violent → hurler – 12 **plaquer** coller – 13 **incontrôlable** que l'on ne peut pas contrôler – 13 **empêcher qn de faire qc** faire que qn ne puisse plus faire qc – 14 **dedans** à l'intérieur; ≠ dehors – 15 **les menottes** *fpl* Handschellen – 16 **un bâillon** Mundknebel – 16 la **torture** Folter – 16 **ignoble** horrible, terrible – 17 **la nausée** Übelkeit – 23 **visqueux** klebrig – 24 **trembler** zittern – 24 **gémir** *ici :* pleurer

Julien sait tout, lui. Il pourrait lui dire ce que l'on a fait de Laure, vers quelle destination elle est partie. Si seulement elle avait le courage d'aller frapper à sa porte...

Le fourgon a tourné à l'angle de la rue. Camille n'a toujours pas bougé. Son corps est devenu aussi lourd qu'une pierre. Elle voudrait le laisser tomber, le laisser s'ensevelir, devenir terre que des inconnus piétineraient. Tous ces inconnus indifférents à sa souffrance. L'amour monte en elle si fort qu'il devient une douleur terrifiante. C'est une bombe qui explose à ses pieds lorsqu'elle prend conscience que l'on accuse sa mère de la mort de Rémi. Ces deux êtres qu'elle aime, pour toujours liés. Une bête sauvage lui dévore le cœur. Elle le sent s'affoler, cogner, chercher de la place pour continuer à battre. Comme s'il ne pouvait que refuser l'air du dehors, l'air salé de la mer.

Il n'y a maintenant plus personne devant la gendarmerie. La voie est libre pour atteindre l'appartement de Julien. Il lui suffirait de quelques secondes pour savoir ce qu'elle a si peur de découvrir. Alors, au lieu d'avancer, elle se détourne du chemin tracé et, sans l'avoir vraiment décidé, elle court vers la falaise.

* * *

3 **frapper à la porte de qn** donner un coup à la porte de qn avant d'entrer – 5 **à l'angle de** um die Ecke – 8 **s'ensevelir** disparaître sous terre – 9 **piétiner** frapper avec les pieds sur le sol – 11 **terrifiant** qui fait peur – 12 **prendre conscience** comprendre – 14 **lié** ≠ séparé – 14 **sauvage** wild – 15 **dévorer** manger entièrement avec appétit – 15 **s'affoler** *ici :* battre plus vite – 15 **cogner** battre plus fort – 17 **salé** → le sel – 23 **avancer** aller plus loin – 23 **se détourner** aller dans une autre direction – 24 **tracé** *ici :* qu'elle voulait prendre au début

Plus elle s'approche de l'océan, plus son corps accepte d'obéir, se desserre, devient docile.

Camille prend le sentier abandonné qu'elle seule connaît, saute sans vaciller du haut du petit mur, entre dans le fourré. Un fil de fer barbelé la retient par le bas de la manche. D'un coup sec, elle tire et se libère. Dans le sombre des broussailles un fil de laine reste accroché, un fil blanc, rassurant, pareil à ceux qui parsèment les jeux de piste, les jeux d'enfants.

Le sentier se rétrécit encore. En continuant sans s'arrêter jusqu'à l'extrême limite qui donne sur le vide, en fermant les yeux au dernier instant, la main d'acier qui comprime sa gorge lâcherait prise. Ce désir de mort, de néant, cette suppression radicale de la souffrance, elle la veut avec tant de force que ses jambes se mettent à flageoler.

Pourtant, elle s'arrête à l'aplomb de la falaise. Elle s'assied au plus près du bord. En bas, la mer frappe et bouillonne, la mer se démène et jouit. C'est l'endroit où les courants démoniaques creusent la surface, tourmentent les fonds, crachent des monceaux d'écume. L'endroit où la mer, si elle vous prend, vous engloutit pour ne jamais vous rendre.

2 **obéir à qn** jdm gehorchen – 2 **se desserrer** sich entspannen – 2 **docile** qui obéit facilement – 3 **abandonné** *ici :* où personne ne passe plus – 4 **vaciller** ≠ être stable – 5 **un fourré** Gestrüpp – 5 **un fil de fer barbelé** Stacheldraht – 6 **la manche** Ärmel – 6 **tirer** ziehen – 7 **les broussailles** *fpl* Dickicht – 7 **la laine** Wolle – 8 **accroché** fixé – 8 **pareil à** comme – 9 **parsemer** se trouver à plusieurs endroits – 9 **un jeu de piste** Schnitzeljagd – 10 **se rétrécir** devenir moins large – 12 **une main d'acier** *ici :* une main très forte – 13 **comprimer** appuyer avec violence sur qc – 13 **lâcher prise** *ici :* arrêter de tenir/comprimer – 14 **le néant** quand il n'y a plus rien – 14 **une suppression** un arrêt, une disparition – 16 **flageoler** trembler – 17 **à l'aplomb de qc** à l'extrémité/au bord de qc – 19 **bouillonner** sprudeln – 19 **se démener** bouger fortement – 19 **jouir** prendre/avoir du plaisir – 20 **un courant** le mouvement de l'eau – 20 **démoniaque** dämonisch – 20 **la surface** Wasseroberfläche – 21 **tourmenter** quälen – 21 **les fonds** *mpl* ≠ la surface – 21 **cracher** ausspucken – 21 **des monceaux de** beaucoup de – 23 **engloutir** faire disparaître sous la mer

Il lui serait facile de se laisser aller, de se donner en échange. Il lui suffirait d'un saut, un petit saut en avant, minuscule.

Voilà que pénètre à nouveau au plus sombre de sa pensée ce désir ensorcelant de suicide, cette étincelle, cette caresse trompeuse qui chasse la douleur.

Elle se relève. Les deux pieds plaqués au sol, elle avance lentement le haut de son corps, elle le livre au vent qui soulève ses cheveux, elle attend la bourrasque qui décidera d'elle. Mais le vent se calme sans même sécher la sueur qui perle aux tempes de Camille. Elle frissonne, sa peau se hérisse. Le froid qui s'est insinué partout dans son corps rompt l'enchantement. Elle fait un bond en arrière, comme happée par une main brutale.

Encore et encore les visages de Rémi et de Laure passent devant ses yeux. Laure, Rémi. Et puis encore Laure. Laure vivante.

La mer peut bien onduler et se tordre, murmurer, fasciner, redevenir plane et transparente jusqu'à montrer son ventre satiné d'éclats de roche, elle n'aura pas Camille.

2 **un saut** Sprung – 3 **minuscule** très petit – 4 **pénétrer** entrer – 5 **ensorcelant** bezaubernd – 5 **une étincelle** Funke – 6 **une caresse** → caresser – 6 **trompeur** *ici :* qui est une illusion; ≠ réel – 7 **plaqué** fixé – 7 **le sol** Boden – 8 **livrer** *ici :* offrir – 9 **une bourrasque** un violent coup de vent – 11 **sécher** → sec – 11 **la sueur** Schweiß – 11 **perler** couler en forme de perles – 11 **la tempe** la partie du visage entre l'œil et l'oreille – 12 **se hérisser** sich sträuben – 12 **s'insinuer dans qc** entrer discrètement dans qc – 13 **rompre** interrompre – 13 **un enchantement** la magie – 14 **un bond** un saut – 14 **en arrière** ≠ en avant – 14 **happé** attrapé très fort, brutalement – 19 **onduler** sich kräuseln – 19 **se tordre** se tourner dans tous les sens – 20 **plane** ≠ en mouvement – 20 **transparent** très clair, au travers duquel on peut voir – 21 **satiné** brillant, lumineux – 21 **un éclat** un fragment, une petite partie – 21 **une roche** → un rocher

# 8

La grand-mère tricote près de la fenêtre. Ses mains qui tiennent les aiguilles ne tremblent pas. Seul son regard que rien ne commande erre dans tous les coins de la maison devenue immense. Le silence qui y règne depuis le départ de Laure la rend plus triste que le plus sinistre des cachots. Les meubles, où rien ne traîne, paraissent inutiles. Il y manque une écharpe oubliée, un livre ouvert, tout ce joyeux fouillis qui ressemble tant à la jeune femme. Il a suffi que le malheur pénètre dans la maison pour la défigurer.

Camille est rentrée les cheveux en désordre, mouillés d'embruns. Son visage est celui d'un enfant perdu, d'une fille sauvage longtemps poursuivie par une meute de chiens enragés.

Elle n'a pas vu Julien, elle ne lui a pas parlé, elle n'est peut-être même pas allée jusqu'à la gendarmerie, la vieille femme pourrait en jurer, pourtant elle pose la question inutile, pour faire parler la petite, pour qu'elle se livre un peu et sorte de cet état de terreur qui fait briller ses yeux d'une lueur fiévreuse.

– Tu as vu Julien ?

– Non.

– Pourquoi ?

– Je ne suis pas entrée chez lui.

1 **tricoter** stricken – 2 **une aiguille** *à tricoter* un objet qui sert à tricoter – 3 **commander** befehlen – 3 **errer** *ici :* regarder sans que le regard ne se fixe sur qc – 3 **un coin** Ecke – 4 **immense** très grand – 4 **régner** herrschen – 6 **un cachot** une pièce où l'on enferme les prisonniers – 6 **traîner** ≠ être rangé, être à sa place – 7 **une écharpe** Schal – 8 **un fouillis** *péj* un chaos – 8 **ressembler à qn** être comme qn – 9 **le malheur** ≠ le bonheur – 10 **défigurer** déformer le visage de qn – 11 **en désordre** dans tous les sens – 12 **un embrun** une pluie fine qui vient de la mer – 13 **poursuivre qn** courir derrière qn pour le rattraper – 14 **une meute** un groupe de chiens – 14 **enragé** qui a la rage – 17 **jurer** promettre – 19 **un état** une sensation, un sentiment – 20 **fiévreux** fiebrig

– Ça ne fait rien, tu le verras demain au lycée.

Oui, elle le verra demain, mais elle sait bien qu'elle ne pourra pas aller vers lui, qu'elle sera incapable de l'interroger.

La sonnerie du téléphone retentit, brutale, imprévisible. Camille se précipite et, au moment d'approcher le combiné de son oreille, brusquement raccroche. Elle tremble. Elle ne sait pas comment elle a pu faire une chose pareille. Et si c'était Rémi ?

– C'était peut-être Laure, murmure l'aïeule.

Laure libérée, Laure qui revient, sa maman, là, tout près.

– Si c'est elle, elle va rappeler.

La grand-mère s'est approchée du téléphone, tout près de Camille mais sans la toucher. Le téléphone reste muet.

Alors, elles savent que ce ne peut pas être Laure. Laure aurait eu plus de persévérance. Elle est batailleuse, obstinée. Elle ne reste jamais indécise.

Et si ce n'est pas Laure… Rémi ?

Camille de toutes ses forces s'accroche à ce rêve. Rémi, lui, a tant de personnes à rassurer, et puis il ne sait pas encore comme elle l'aime.

Et si Rémi est vivant, Florent l'est peut-être aussi. Tout va redevenir comme avant. Sa mère telle qu'avant avec sa folle exubérance, son rire, ses moqueries, ses questions agaçantes, ses chansons idiotes, son visage

3 **être incapable de faire qc** ne pas pouvoir faire qc – 6 **imprévisible** que l'on n'attend pas – 7 **un combiné** un téléphone – 8 **raccrocher** *le téléphone* ≠ prendre un appel téléphonique – 9 **pareil** même – 18 **la persévérance** qualité d'une personne qui montre beaucoup de patience pour arriver à son but – 19 **batailleur** qui se bat pour arriver à un but – 19 **obstiné** qui montre beaucoup de persévérance – 19 **indécis** ≠ décidé – 26 **l'exubérance** *f* ≠ la timidité – 26 **une moquerie** → se moquer de qn – 27 **agaçant** énervant

doré plein de taches de rousseur. Tout va redevenir comme avant.

Mais le téléphone se tait.

L'après-midi est long, interminable.

La grand-mère s'est remise à son tricot. Et le rêve de Camille s'évapore peu à peu comme les brumes matinales au-dessus de l'océan.

Elle n'est pas remontée dans sa chambre. La solitude soudain l'effraie. Elle a déplié le journal sur la table de la cuisine, elle a relu chaque ligne consacrée au drame de la mer. Elle connaît l'article par cœur. Il ne faut pas qu'elle oublie ces mots étrangers : Parquet, garde à vue, circonstances mal élucidées... Il faut qu'elle s'habitue à ce mot : disparition. À partir de cet instant ils doivent lui devenir familiers.

Dans la maison du bord de la mer, la maison sombre que rien ne vient plus éclairer, il y a deux femmes, l'une déjà trop vieille, l'autre encore trop petite, dont la douleur, ce soir, est semblable.

1 **doré** → l'or *m* – 1 **une tache de rousseur** Sommersprosse – 4 **interminable** qui ne se finit jamais, qui se ne termine pas – 5 **se remettre à qc** recommencer à faire qc – 5 **(faire) du tricot** tricoter (→ p. 38) – 6 **s'évaporer** *ici :* disparaître – 7 **matinal** du matin – 8 **la solitude** le fait d'être seul – 9 **effrayer qn** faire peur à qn – 9 **déplier** ouvrir ce qui était plié (zusammengefaltet) – 10 **consacré à qc** sur qc, parlant de qc – 15 **familier** vertraut – 19 **semblable** le/la même

# 9

Les dents serrées, le cœur gros, Julien marche sans fin sur la toute petite colline que Camille aime autant que lui depuis qu'ils l'ont découverte ensemble. C'est leur repaire à confidences. Personne ne les y dérange. Les vacanciers ne s'aventurent jamais aussi loin du bord de mer. Pourtant, de là, on peut voir l'océan jusqu'à l'infini. De là, leur pays est encore plus beau, surtout l'hiver lorsque les tempêtes éclaboussent de vagues furieuses les murs de la citadelle.

Il a croisé les bras sur son torse chétif d'adolescent grandi trop vite. La seule chose qui le délivrerait serait de voir Camille, de lui parler, de la consoler. Depuis que son père a été muté sur la Côte basque, il est son ami, celui qui connaît toutes ses histoires d'adolescente. Cependant quelque chose l'empêche d'aller jusqu'à la petite maison aux volets bleus. Il a passé toute la matinée et une grande partie de l'après-midi sur la colline, où il pensait qu'elle viendrait le retrouver. Seules les herbes sauvages bougent, renversées par un vent mauvais qui gémit.

Enfin, Julien se décide à quitter l'endroit, à revenir chez lui, à la gendarmerie. Qui sait si Camille n'aura pas eu le courage qu'il n'a pas ? « Mais oui, pense-t-il en se traitant d'imbécile, elle aura voulu savoir où est sa mère, et qui mieux que moi peut la renseigner ? »

1 **une dent** Zahn – 1 **(avoir) le cœur gros** être très triste – 2 **une colline** une petite montagne – 2 **autant que** genauso viel wie – 4 **un repaire** un lieu secret – 4 **une confidence** un secret – 4 **déranger** troubler qn dans une activité – 5 **s'aventurer** marcher dans un lieu inconnu – 7 **l'infini** *m* sans fin – 8 **éclabousser** envoyer de l'eau – 10 **le torse** Oberkörper – 10 **chétif** ≠ gros – 11 **délivrer qn** rendre sa liberté à qn – 13 **être muté** changer de lieu de travail – 13 **la Côte basque** la Côte atlantique située à la frontière espagnole – 15 **cependant** pourtant – 20 **renversé** couché – 24 **un imbécile** un idiot – 25 **renseigner qn** donner des informations à qn

Sans perdre un instant, il dévale la pente et arrive chez lui, tout essoufflé. L'appartement est vide. Il s'approche du téléphone et compose le numéro qu'il connaît si bien. Là-bas, on décroche presque aussitôt. Et avant même d'entendre la voix il dit :

– C'est Julien !

Aussitôt, il se rend compte qu'on a raccroché. Pourquoi ? Il essaie de se persuader que Camille est allée retrouver Antoine. La grand-mère n'aura pas voulu lui parler. Ça le rassure un instant. Mais ça ne dure pas. Il reprend le combiné, tape les deux premiers chiffres et puis s'arrête, le doigt levé, comme frappé par la foudre. Il est certain maintenant que c'était Camille qui était au bout du fil. En entendant sa voix elle a raccroché parce qu'elle préfère la solitude à sa présence. Alors il referme la porte d'un méchant coup de pied qui fait trembler la vaisselle dans le placard. Il hait cette bicoque où on l'oblige à vivre. Il voudrait pouvoir hurler à son père ce qu'il pense de son sale métier de flic. Il est sûr que, dès le lendemain, il va devenir la tête de turc du lycée. Il comprend que Camille ne veuille plus l'entendre, plus le voir, ne jamais plus rien lui confier. Et son regard ? Comment fera-t-il demain pour croiser le regard de Camille ? Il est un raté complet, un pauvre gringalet qui ne sert à rien. Pour la première fois de sa vie, Julien a honte d'être le fils d'un gendarme.

1 **dévaler la pente** descendre une pente (Hang) très vite – 2 **(être) essoufflé** respirer difficilement, manquer d'air – 3 **composer un numéro** faire un numéro – 4 **décrocher** *le téléphone* répondre au téléphone – 8 **se persuader** se convaincre – 11 **taper** *ici :* faire le numéro – 12 **être frappé par la foudre** vom Blitz erschlagen werden – 13 **sûr** certain – 17 **la vaisselle** Geschirr – 17 **un placard** (Wand)schrank – 18 **haïr** détester – 18 **une bicoque** *péj* une vieille maison – 20 **un flic** *fam* un policier – 21 **une tête de turc** *fam* une personne dont on se moque – 23 **confier qc à qn** dire un secret à qn – 25 **un raté** *fam* une personne qui n'a pas réussi – 25 **un gringalet** *fam* un petit homme chétif (→ p. 41)

Lorsque la porte s'ouvre, il enrage de voir apparaître sa mère. Une mère étrange qu'il a du mal à reconnaître, changée, rajeunie. Et, comme s'il ne s'était rien passé dans leur petite ville, elle lui dit en souriant :

– Je suis allée chez le coiffeur. Tu as vu ma nouvelle coupe ?

– Ce que tu peux être moche, moche et vulgaire.

– Mais enfin, Julien, qu'est-ce que tu as ?

– Rien ! Je n'ai rien ! Il y a seulement deux garçons de mon âge qui sont morts, morts comme je pourrais l'être à leur place. Et la mère de Camille, tu y penses à la mère de Camille emprisonnée par ton mari ? Et toi, toi tu vas fêter tout ça en allant te faire faire une tête de putain !

Il sort avant même d'avoir terminé sa phrase.

La mère de Julien se laisse tomber sur une chaise, les bras ballants, les larmes aux yeux. Jamais son fils ne lui a parlé de cette façon. C'est un garçon gentil, facile. Mais il a raison, oui, il a raison. Depuis le drame de la veille tout le monde est un peu déboussolé dans la ville. Elle a voulu essayer de continuer à vivre normalement pour ne pas peser sur la peine de Julien. Mais encore une fois elle s'est trompée.

1 **apparaître** *ici :* arriver soudainement – 2 **étrange** bizarre – 3 **rajeuni** devenu plus jeune – 7 **moche** *fam* ≠ beau – 7 **vulgaire** ≠ élégant, bien élevé – 14 **une putain** *vulg* une prostituée – 15 **terminer** finir – 16 **les bras ballants** les bras tombant le long du corps – 20 **déboussolé** *fam* perdu – 22 **peser sur la peine de qn** rendre le malheur, la tristesse de qn encore plus pénible

# 10

Ensemble elles ont entendu la portière de la voiture claquer, ensemble elles ont perçu le petit bruit métallique que fait la clé lorsqu'on l'introduit dans la serrure. Et le courant d'air provoqué par l'ouverture de la porte les a fait frissonner, ensemble.

Ni l'une ni l'autre n'a bougé. La grand-mère a simplement posé son ouvrage sur ses genoux, ses mains cramponnées à la pelote de laine. Camille a tourné la tête vers la porte, le regard fixe, de la couleur de ces rochers que lave et assombrit l'océan.

Les pas dans le couloir ne sont pas ceux de Laure. La porte ne claque pas. Les murs ne renvoient aucun écho. Toutes les lampes restent éteintes.

La jeune femme qui entre dans la cuisine, seule, n'a rien gardé de celle qu'elles aiment. Le visage est creusé de cernes. Les yeux noirs se sont fanés. Et sur les joues blêmes, les taches de rousseur sont comme de minuscules insectes. Elle passe la main sur son front pour repousser une mèche de cheveux, et c'est seulement dans ce geste qui lui est tellement familier qu'elles la reconnaissent.

L'aïeule s'est levée brusquement. Sur le carrelage de la cuisine, la chute des aiguilles à tricoter fait un bruit aigu, insupportable, qui arrête son élan. Elle se baisse

2 **claquer** *la porte* fermer la porte très fort – 2 **percevoir** *ici :* entendre – 3 **introduire** *une clé* mettre la clé dans la serrure – 4 **une serrure** le mécanisme permettant d'ouvrir ou de fermer une porte – 4 **un courant d'air** Durchzug – 4 **une ouverture** → ouvrir – 7 **simplement** *ici :* seulement – 7 **un ouvrage** un travail (*ici :* le tricot) – 8 **cramponné à qc** fixé, accroché à qc – 8 **une pelote de laine** Wollknäuel – 10 **laver** waschen – 10 **assombrir** verdunkeln – 16 **les cernes** *fpl* Augenringe – 16 **se fâner** perdre sa couleur, devenir pâle – 17 **blême** pâle, blanc – 19 **repousser** *ici :* rejeter, mettre en arrière – 19 **une mèche de cheveux** une petite quantité de cheveux – 22 **le carrelage** Fliesen – 23 **une chute** le fait de tomber – 24 **aigu** *pour un son* schrill, hoch – 24 **se baisser** ≠ se lever

pour les ramasser en prenant un temps infini. Cassée. Vieille.

Entre Laure et Camille, il y a une table et un journal ouvert. Un journal ouvert avec des mots écrits en noir, menaçants.

« Rémi ? » crie Camille.

Un cri qui ne s'entend pas et qu'elle croit avoir poussé aussi fort qu'un hurlement.

Elle recommence mais ses lèvres ne répondent pas non plus. Camille devient comme un bloc, une statue de marbre. Elle n'a qu'un prénom dans la tête, et ce prénom-là, si court, si simple, elle n'arrive pas à le prononcer.

Laure essaie de sourire comme si elle voulait les protéger encore un peu. Mais ce n'est pas le sourire de Laure, son sourire éclatant, généreux, apaisant. Ce sourire-là dit que rien, plus jamais, ne pourra être comme avant.

Elle tend la main au-dessus du journal, la table est trop large, le journal trop grand ouvert.

Elles voudraient toutes les trois s'étreindre, mais elles sont trop de trois pour savoir comment s'y prendre. Une pudeur stupide les paralyse. Comme si elles n'avaient plus droit à la tendresse. Ensemble, et pourtant chacune seule, à distance.

Quelques minutes passent qui paraissent une éternité.

5 **menaçant** → une menace – 7 **pousser un cri** crier – 11 **le marbre** Marmor – 15 **protéger qn (de qc)** jdn vor etw schützen – 16 **éclatant** *ici :* charmant, beau – 16 **généreux** bon, gentil – 16 **apaisant** qui calme, qui tranquillise – 19 **tendre** *ici :* avancer, diriger – 21 **s'étreindre** se serrer fortement – 23 **la pudeur** un sentiment de gêne qu'éprouve une personne à faire qc qui lui semble interdit (Scham) – 23 **stupide** bête, idiot – 23 **paralyser** lähmen – 27 **une éternité** qui dure, qui n'a ni début ni fin

Raidie par l'effort, la grand-mère fait quelques pas vers la porte qui mène au couloir. Elle a un geste pour prendre sa fille contre elle, mais au dernier moment elle effleure seulement des doigts les cheveux de Laure, relève la mèche rebelle. Et, sans se retourner, elle quitte la pièce.

Elles sont maintenant toutes les deux face à face. Laure, l'énergique Laure, devenue si fragile, si démunie, inerte, semblable aux poupées de chiffon sur le visage desquelles on a gribouillé de multiples taches rousses pour les rendre plus rigolotes. Camille, plus silencieuse encore qu'à l'ordinaire, muette. Seuls ses yeux questionnent, s'affolent, pareils à des oiseaux qui n'arrivent pas à lutter contre le vent. Ses yeux cherchent Rémi dans le regard de sa mère, elle est sûre que Laure va comprendre sa demande.

Mais comment Laure pourrait-elle avoir deviné l'amour à peine né dans le cœur de sa fille ?

Elles ont aussi mal l'une que l'autre, mais elles ne le savent pas vraiment. Consoler devient un acte impossible à réaliser.

Laure fait le tour de la table sans jeter un regard au journal ouvert. Elle pose sa joue contre la joue de Camille, sa joue chaude, vivante. La première chose vivante de ces deux horribles jours.

1 **raidi** steif – 9 **démuni** qui a perdu tous ses moyens – 9 **inerte** qui ne bouge plus – 9 **une poupée de chiffon** (Stoff-)Puppe – 10 **gribouiller** dessiner de manière confuse et maladroite – 10 **multiple** nombreux, plusieurs – 11 **roux** entre le jaune orangé et le brun rouge – 11 **rigolo** drôle, qui fait rire – 13 **questionner** poser des questions – 22 **jeter un regard** regarder en direction de qc/qn

# 11

C'est seulement lorsque la nuit devient profonde, sans lueurs, que Laure commence à parler. Sa voix, si claire, si ferme autrefois, hésite sur les premiers mots, fait très attention à ne pas les salir comme s'ils étaient les seuls qu'elle pourra désormais prononcer, les seuls qu'il lui importe de ne jamais oublier. Elle dit :

– Rémi, Florent. Et à nouveau :

– Rémi, Florent. Et puis elle se tait.

– Non, pas Rémi ! gémit Camille.

Mais Laure n'a rien entendu, son regard semble rechercher encore, au-delà des murs de la cuisine, à travers les vitres, dans le noir de la nuit, ceux qu'elle n'a pas cessé de chercher. Elle soupire, passe les doigts sur ses yeux secs, recommence à parler.

Camille tient dans ses doigts la main de Laure. Cette main écorchée, aux ongles cassés, elle ne la reconnaît pas. Les mots sont presque inutiles lorsqu'on peut lire dans une main meurtrie, lacérée par la lutte, le drame tout entier.

Laure répète une fois encore les deux prénoms pour toujours joints dans sa mémoire. Elle parle des garçons comme s'ils étaient là, vivants.

Elle sait ce qu'ils ont été, mais aussi ce qu'ils seraient devenus, parce que, en mer, on ne triche pas. Eux ne trichaient pas.

Elle dit qu'ils étaient la joie même.

– Rémi ? murmure à nouveau Camille.

4 **salir** rendre sale – 5 **désormais** à partir de maintenant – 11 **au-delà de qc** de l'autre côté de qc – 12 **une vitre** une fenêtre – 13 **soupirer** seufzen – 16 **écorché** dont la peau a été en partie enlevée – 16 **un ongle** ce qui recouvre le bout du doigt – 18 **meurtri** blessé – 18 **lacéré** zerrissen – 19 **tout entier** ganz – 21 **joint** mis ensemble – 21 **la mémoire** Gedächtnis – 24 **tricher** mogeln

Cette fois, sa mère l'entend. Et c'est elle qui décrit à sa fille le garçon que sa fille aime…

– Oui Rémi, dit-elle doucement, Rémi, malin, casse-cou, débrouillard, coléreux, charmeur, persévérant. Exigeant, tellement exigeant. Sa fougue…

Camille ferme les yeux sur cette vision qui éclate dans sa tête, pendant que sa mère continue :

– Florent si timide, si attachant.

Laure dit les yeux de Florent, brillants de plaisir lorsque le vent commence à enfler les voiles. Elle ne se rend pas compte que Camille n'a pas suivi le même chemin qu'elle. Comment Laure pourrait-elle soupçonner que le désarroi de sa fille égale le sien ?

– Ils rêvaient de grandes traversées, d'horizons à découvrir. Tu sais, dit-elle, Rémi est le garçon le plus courageux que j'aie jamais rencontré. Quand le vent a viré d'un coup, le bateau a commencé à tanguer et, dans le même temps, Florent a été assommé par la bôme qu'il n'a pas vue venir. Que personne n'a vue venir, ni moi ni le barreur.

Laure s'arrête, elle revoit la scène qui ne la quitte plus. Par une pression de la main, Camille l'encourage à poursuivre.

– Florent était en train de passer son gilet de sauvetage. Un gilet enlevé seulement quelques instants, juste le temps de mettre un pull. Il faisait

3 **malin** intelligent, ≠ idiot – 3 **casse-cou** Draufgänger – 4 **débrouillard** qn qui sait se tirer d'affaires (sich zu helfen wissen) – 4 **coléreux** qui se met vite en colère – 4 **persévérant** → la persévérance (→ p. 39) – 5 **la fougue** l'élan *m* – 6 **éclater** *ici :* exploser – 8 **attachant** à qui on s'attache, qu'on aime très vite – 10 **enfler** remplir d'air (aufblähen) – 13 **soupçonner** *ici :* croire, penser – 13 **le sien** *pron poss ici :* son désarroi à elle – 16 **courageux** → le courage – 16 **virer** *pour le vent* changer brusquement de direction – 17 **tanguer** se balancer, bouger de gauche à droite – 18 **assommé** bewusstlos geschlagen – 19 **une bôme** *mar.* Baum – 20 **un barreur** *mar.* Steuermann – 22 **une pression** Druck – 23 **poursuivre** *ici :* continuer à parler – 24 **un gilet de sauvetage** Schwimmweste – 1 **l'aube** *f* le début du jour, le lever du soleil

froid. C'était l'aube, tu comprends. Une aube magnifique, de celles que tu aimes. Elle se tait encore une fois, et Camille la laisse ainsi, calme, presque apaisée, un long moment. Ensemble elles imaginent ce lever du jour. L'exaltation des jeunes navigateurs. Le ciel orangé, mauve, rouge d'où tombent des rayons gris.

– Il est passé par-dessus bord, Rémi a voulu le rattraper et a été assommé à son tour. Et puis le bateau a chaviré, et...

Camille sent un frisson glacé descendre dans son dos. Elle grelotte.

À la pendule du salon, deux notes ont retenti, vives, presque furieuses dans le silence de la nuit. Deux heures du matin.

Dehors, la bise remue les branches du pin accolé à la maison, on les entend griffer le mur. Au loin, un chien aboie puis se tait. Une voiture accélère dans la rue qui monte au phare.

Camille a laissé parler Laure, elle n'a pas tout entendu, mais son cœur a su trier. Et Laure a bien dit : « Rémi est le garçon le plus courageux... »

Comme elle, sa mère le croit vivant. Elle en est sûre. Échoué dans une crique, épuisé, blessé, mais vivant. Pourtant aucune des questions qui brûlent ses lèvres n'arrive à les passer.

4 **apaisé** qui a retrouvé le calme – 5 **l'exaltation** *f* Begeisterung – 6 **orangé** de couleur orange – 6 **mauve** de couleur violet clair – 6 **un rayon** Strahl – 11 **glacé** très froid – 12 **grelotter** trembler de froid – 13 **une pendule** Uhr – 16 **la bise** un vent froid du nord, du nord-est – 16 **remuer** bouger – 16 **une branche** Ast – 16 **un pin** Pinie – 17 **griffer** kratzen – 18 **aboyer** *pour un chien* crier – 18 **accélérer** aller plus vite – 19 **un phare** Leuchtturm – 21 **trier** choisir, sélectionner – 24 **échoué** *pour un bateau ici :* être immobilisé sur le rivage, après un accident – 24 **épuisé** très fatigué – 24 **blessé** verletzt

Et, parce que le silence est trop lourd depuis qu'a sonné la pendule, elle demande :

– Pourquoi t'ont-ils gardée une nuit entière ?

– Ils le devaient.

– Pourquoi t'avoir relâchée, alors ?

– C'était le temps de la garde à vue.

– Qu'est-ce qu'ils t'ont fait ?

– Posé des questions.

– Quelles questions ?

– J'étais la seule responsable, Camille, la seule responsable ! Tu sais ce que cela veut dire ? Camille a les joues en feu. La voix qui tremble. Dans sa bouche, les mots se heurtent, se déforment. Elle bégaie, recommence. Et quand elle arrive enfin à prononcer ceux qui lui tordent le ventre, quand elle peut les laisser venir en articulant bien pour ne pas avoir à les répéter, quand elle demande : « Ils te croient coupable ? », c'est toute sa vie qui bascule. Comment sa mère pourrait-elle être coupable de la mort de Rémi ?

– C'est normal que l'on me demande des comptes. Je ne nierai jamais ma responsabilité.

La voix de Laure est devenue claire, elle a pris de l'assurance pour employer les termes secs qui vont revenir dans toutes les bouches, dans tous les journaux. Pour qu'elles pénètrent dans la tête de Camille, elle nomme les étapes du difficile chemin à venir. Elle parle de mise en examen, de tribunal, de procès, sans frémir. Et puis, brusquement, sa voix se

10 **responsable** schuldig – 13 **se °heurter** se bousculer – 13 **se déformer** *ici :* changer de sens – 13 **bégayer** parler avec difficulté en répétant les mêmes syllabes – 15 **tordre** *ici :* quälen, belasten – 18 **coupable** responsable – 18 **basculer** *ici :* changer tout à coup – 22 **nier** ≠ avouer – 23 **prendre de l'assurance** devenir plus fort, plus sûr de soi – 24 **employer** *ici :* utiliser – 24 **un terme** un mot – 28 **une mise en examen** Einleitung eines Ermittlungsverfahren – 28 **un tribunal** Gericht – 29 **frémir** trembler

casse, pour dire la peur qui grandit en elle de rencontrer les malheureux parents, et de ne pas pouvoir supporter leur désespoir. Un sanglot soulève ses épaules :

– Rémi ! Florent ! murmure-t-elle.

3 **le désespoir** ≠ l'espoir *m* – 3 **un sanglot** Schluchzer

# 12

Dans la cour du lycée rien n'a changé. La foudre est tombée sur la vie de Camille, elle a balayé le bonheur, retenu l'ombre et le silence, transformé sa mère en statue de cire, brisé l'amour, abattu son amour, mais dans la cour du lycée rien n'a changé.

C'est toujours la même odeur de feuilles écrasées, de vieux murs et de transpiration. Ce sont toujours les mêmes petits groupes de garçons et de filles mêlés.

Tout paraît exactement semblable aux jours passés. Pourtant dans le groupe de Camille où seul manque Julien, les gestes sont différents et les paroles aussi.

Du bout du pied, Thomas poursuit un ballon invisible que Romain lui renvoie sans bouger de place. Séverine, qui ne trouve jamais rien à raconter, s'est lancée dans un long monologue dont elle a beaucoup de mal à se dépêtrer. Bouche bée, comme parfaitement attentive à ne rien perdre de ce discours, Audrey l'encourage à continuer. Seule Sofia, la douce, la discrète Sofia, n'a pas quitté Camille des yeux. Camille qui n'a rien dit, Camille qui attend.

Elle ne peut pas croire qu'ils vont continuer à se taire, qu'ils vont faire comme si ce dernier mardi avait été semblable aux jours précédents.

Elle voudrait qu'un de ses camarades nomme les disparus, qu'il y en ait un pour dire le prénom de Rémi. Rémi que beaucoup connaissent puisqu'il est du pays et presque de leur âge. Ou alors, si c'est trop

2 **balayer** *ici :* faire disparaître – 3 **retenir** *ici :* garder – 3 **transformer** changer – 4 **une statue de cire** Wachsfigur – 4 **briser** *ici :* détruire – 4 **abattre** détruire, tuer – 6 **écrasé** zertretten – 7 **la transpiration** Schweiß – 13 **invisible** qu'on ne voit pas – 13 **se lancer dans qc** commencer qc – 16 **se dépêtrer** se sortir – 16 **bouche bée** surpris, étonné, stupéfait – 17 **attentif** qui montre de l'attention – 17 **un discours** *ici :* ce qui va être dit – 23 **précédent** ≠ suivant

difficile d'évoquer Rémi, qu'ils parlent de Florent, ce garçon étranger venu dans la région pour quelques jours de stage. Florent que personne n'a jamais rencontré. Mais ni le nom de Rémi ni celui de Florent ne sont prononcés. Leur ombre seule, pesante.

Julien n'est toujours pas arrivé. La sonnerie d'entrée en cours tarde. Séverine, à bout de souffle et d'idées, s'est tue aussi. Sous les pieds de Thomas, les graviers de la cour sont clairsemés comme si un chien avait rageusement gratté le sol. Ses chaussures sont grises de poussière. Il fait froid.

À l'instant même où la sonnerie retentit, Julien passe le portail. Le groupe se défait avec un soupir de soulagement.

En classe, Camille est transparente. Elle est devenue celle sur laquelle ricochent les regards. Le professeur l'ignore ou fait semblant. Personne ne lui demande de parler, ne se hasarde à la sortir de sa rêverie.

Comme tous les jeudis, elle rentrera chez elle à 11 heures, l'heure à laquelle elle croise Antoine dans la cour. Ensuite, elle a l'habitude de faire un détour par le centre nautique, pour le plaisir de voir sa mère et aussi Rémi. Le jeudi précédent, sa mère était en mer, elle n'avait vu que Rémi, et ils avaient parlé et ri longtemps. Cette heure passée près de lui défile sous ses yeux. Elle retrouve cette sensation de légèreté, de douceur qu'elle éprouvait toujours près de lui. Avait-elle compris ce jeudi-là qu'elle l'aimait plus que l'on

1 **évoquer qn/qc** rappeler par ses paroles qn/qc au souvenir de qn – 5 **pesant** bedrückend – 7 **tarder** *ici :* mettre longtemps à sonner – 8 **un gravier** Kieselstein – 9 **clairsemé** en petite quantité et en petit nombre – 10 **rageusement** avec rage, avec colère – 10 **gratter** kratzen – 11 **la poussière** la saleté (Staub) – 13 **se défaire** *ici :* se séparer – 16 **ricocher** *ici :* abprallen – 17 **faire semblant** jouer la comédie – 18 **se hasarder à faire qc** se risquer à faire qc – 21 **avoir l'°habitude de faire qc** faire qc régulièrement, souvent – 21 **un détour** Umweg – 25 **défiler** *ici :* passer – 26 **une sensation** → sentir – 26 **la légèreté** ce qui n'est pas lourd, *ici :* le bonheur – 27 **éprouver** ressentir

aime un ami d'enfance ? Ou le savait-elle avant ? Ou plus tard, seulement depuis deux jours ?

* * *

Antoine et Camille se retrouvent toujours derrière le dernier platane de la cour, ils échangent, tels de nombreux garçons et filles, un baiser rapide. Aujourd'hui, Antoine n'est pas derrière l'arbre. Antoine, comme le fait Julien, a-t-il choisi de la fuir ? Camille est donc devenue encombrante, porteuse de malheur pour tous, puisque les deux garçons qui lui sont le plus proches l'abandonnent.

Et puis, aussi rapidement qu'elles se sont plantées dans sa tête, ces pensées sombres s'évanouissent quand elle l'aperçoit, là-bas, un peu à l'écart, sur la route qui conduit au terrain de sport, près du chêne qui ferme le chemin.

Elle court et se jette dans ses bras. Ses cheveux s'entortillent sur les boutons du blouson. Elle le respire, respire en même temps l'air du dehors. Il caresse ses cheveux sans les détacher de lui comme s'il ne voulait rien changer à ce qui s'est fait tout seul. Et puis, tout doucement, il se met à parler :

– Ta maman a besoin de toi, Camille, toi seule peux l'aider. Et tant que l'on n'a pas retrouvé le corps des garç...

Ils s'assoient dans l'herbe, le dos appuyé à la clôture qui ferme le terrain de sport. Au-dessus d'eux, par

5 **échanger un baiser** s'embrasser – 6 **nombreux** beaucoup de – 9 **encombrant** *ici :* qui gêne – 9 **porteur de qc** qui apporte qc – 11 **(être) proche de qn** avoir une relation amicale, être intime avec qn – 12 **se planter** *ici :* se mettre dans, s'installer, se fixer à l'intérieur de – 13 **s'évanouir** *ici :* disparaître – 14 **à l'écart** qui se tient à distance; ≠ près de – 15 **un chêne** Eiche – 18 **s'entortiller** s'attacher / s'accrocher dans qc – 18 **un bouton** Knopf – 26 **une clôture** Zaun

endroits, les nuages découvrent un espace de ciel bleu vif, et tout aussi vite le recouvrent.

– Rémi…

Dès qu'elle entend le prénom mille fois répété dans sa tête, Camille pose la main sur la bouche d'Antoine. Il lui semble que, pendant toute la matinée, elle l'a attendu des autres, de tous les copains. Elle savait, elle ne pouvait pas ignorer les pensées qui hantaient chacun d'eux, sans qu'un seul ose les exprimer à haute voix. Et maintenant, elle ne peut supporter que le nom de Rémi franchisse les lèvres d'Antoine. Elle voudrait que ce nom reste enfermé en elle, telle une lettre jamais ouverte.

1 **un espace de qc** *ici :* une partie de qc – 8 **hanter** verfolgen – 9 **oser faire qc** avoir le courage / risquer de faire qc – 9 **exprimer** dire

# 13

Les heures défilent. Et, à chaque minute passée, l'espoir de retrouver les disparus décroît.

Il y a eu la rencontre avec les parents de Rémi. L'instant terrible où Laure s'est approchée d'eux. Elle aurait tout supporté, tout compris, tout accepté : qu'ils la rejettent, la rouent de coups, l'insultent, la menacent. Ils sont venus vers elle, ont fait les derniers pas qui les séparaient, et la mère d'abord, le père ensuite, ils ont serré son bras. Alors, seulement, elle a su qu'on ne retrouverait jamais Rémi vivant.

La maman de Florent n'a pas voulu la rencontrer. Elle ne veut voir personne. Elle ne bouge pas de la chambre qu'elle a prise dans un hôtel de la ville. Elle attend que revienne son fils. Et personne n'a le courage de la détromper.

Laure, qui autrefois ne demeurait jamais en place, reste de longues heures recroquevillée dans un fauteuil, le regard absent. Seules les visites à l'avocat ou au juge l'obligent à se rendre à la grande ville voisine. Et, chaque fois, elle doit faire un immense effort pour se replonger dans la vie du dehors, pour se livrer à la curiosité, à la compassion ou à la colère d'autrui. À son retour, elle est souvent plus meurtrie encore. Mais elle ne dit rien des questions ambiguës auxquelles elle n'a pas su répondre. Elle ne dit rien de

2 **décroître** ≠ grandir – 6 **rejeter** ≠ accepter – 6 **rouer qn de coups** battre qn avec violence – 7 **menacer** → une menace – 8 **séparer** ≠ rassembler – 9 **serrer** tenir fortement qc dans ses mains – 15 **détromper** dire à qn qu'il se trompe (jdn über seinen Irrtum aufklären) – 17 **recroquevillé** zusammengekauert – 18 **un fauteuil** Sessel – 18 **un avocat** Anwalt – 21 **se replonger dans qc** se remettre à qc – 21 **se livrer à qc** se laisser aller à qc – 22 **la curiosité** → curieux – 22 **la compassion** Mitgefühl – 23 **autrui** un autre, une autre personne – 23 **meurtri** blessé – 24 **ambigu, uë** [ɑ̃bigy] ambivalent, ≠ clair

celui qui prend la parole à sa place, pour raconter des actes qu'elle ne reconnaît pas.

Ses amis du centre nautique viennent souvent la voir. Tous sans exception. Les amis de Rémi, les amis de la mer. Ceux-là comprennent trop bien la peine qu'elle endure. Avec eux seulement elle peut reprendre, sans omettre le moindre détail, chaque étape de l'accident. Ils essaient de lui faire admettre que cette épreuve aurait pu toucher n'importe lequel d'entre eux. Ils lui répètent qu'il ne s'agit pas d'incompétence mais d'un méchant coup du destin qui l'a choisie pour proie.

Camille les évite. Elle ne veut pas de ceux qui auraient pu disparaître à la place de Rémi. Et parfois elle les déteste d'être toujours vivants.

Au creux de la nuit, à l'heure où les pensées deviennent des lames acérées qui taillent au hasard dans le vif du cœur, Camille songe que la disparition en mer de sa maman lui aurait été plus supportable. Ses deux amours anéanties. Elle ne redoute plus ces images terribles, elles l'apaisent au contraire. La mort qui purifie, la mort qui magnifie. La mort seule capable de ne pas salir sa mère.

Quand enfin arrive l'aube de ces nuits interminables où la mort, tellement redoutable pour tous, lui a fait les yeux doux, Camille enfile un vieux pull qui lui sert

1 **prendre la parole** commencer à parler – 4 **une exception** Ausnahme – 5 **la peine** le chagrin, la douleur – 6 **endurer** ertragen – 6 **reprendre** *ici :* raconter encore une fois – 7 **omettre** oublier – 8 **admettre** avouer – 9 **une épreuve** *ici :* un malheur, une peine – 9 **toucher qn** arriver à qn – 11 **un coup du destin** un malheur, une épreuve – 12 **une proie** une victime – 16 **au creux de qc** au milieu de qc – 17 **une lame** Klinge – 17 **acéré** qui coupe très bien – 17 **tailler** couper – 17 **au hasard** n'importe où – 17 **dans le vif** là où ça fait le plus mal – 19 **supportable** erträglich – 20 **anéanti** totalement détruit – 20 **redouter** avoir peur – 21 **apaiser** rendre calme, tranquille – 22 **purifier** reinigen – 22 **magnifier** rendre plus grand – 25 **tellement** si – 25 **redoutable** qui est à craindre, dont on a peur

à tout, s'y blottit, et tout doucement referme la porte de la maison.

La rue entière dort. Tous les gens dorment encore. Tous ceux que le malheur épargne se dépêchent de dormir. Parfois lui prend la ridicule envie d'aller frapper aux portes closes, de se glisser au sein de ces familles paisibles qui peuvent encore vivre normalement, de nier, de gommer la petite maison aux volets bleus, la petite maison repliée sur sa stupeur.

Comment faire marche arrière, reprendre la vie telle qu'elle était à la veille de l'accident, recouvrir de cendres ces jours qui n'ont été que des nuits étouffantes ? Elle s'essaie aux gestes du passé, se persuade qu'ils vont tout doucement reprendre leur place.

Elle met un disque, ce disque même qui passait en boucle au centre nautique, force le son pour laisser la musique envahir tout l'espace de sa chambre, comme là-bas quand on pouvait l'entendre avant même de jeter l'ancre. Et puis l'arrête. Cherche un livre, le referme, décide d'écrire sans trouver les mots. Alors, elle se laisse aller encore une fois, une dernière fois, pense-t-elle, à croire au miracle, s'imagine courant vers le petit port : au loin un voilier avance lentement, lentement pour que le rêve dure. Lorsqu'il accoste, elle voit sauter sur la terre ferme ce grand garçon blond, hâlé par les embruns. Elle court, elle court

1 **se blottir** sich kuscheln – 4 **épargner** schonen – 6 **se glisser** entrer discrètement, sans faire de bruit – 6 **au sein de qc** au milieu de qc, parmi – 7 **paisible** calme, tranquille – 8 **gommer** *ici :* faire disparaître – 10 **la stupeur** une très grande surprise – 11 **faire marche arrière** *ici :* revenir en arrière, dans le passé – 14 **étouffant** où l'air manque – 14 **un geste** un mouvement, une action – 17 **un disque** Schallplatte bzw. CD – 17 **passer en boucle** passer sans arrêt, se répéter – 18 **forcer** *ici :* mettre plus fort – 18 **le son** Lautstärke – 19 **envahir** remplir – 19 **l'espace** *m* Raum – 21 **une ancre** Anker – 24 **un miracle** Wunder – 27 **sauter** springen – 28 **halé** bronzé – 28 **les embruns** *mpl* Gischt

longtemps, longtemps vers lui. Il faut qu'il sache qu'elle l'aime avant de disparaître à nouveau.

Dans la rue endormie, elle ne réveillera personne. Elle laissera ses voisins à leur tranquillité, ils n'ont rien à craindre d'elle.

Devant l'océan seulement elle aura le droit de gémir. Gémir c'est enfin arrêter de retenir ses larmes, c'est se débarrasser des doigts crochus agrippés à sa gorge, soulever la pierre qui pèse sur sa poitrine.

Le sentier, le petit mur écroulé, le taillis de genêts envahi de ronces où les bêtes de nuit bougent encore. Elle se retrouve sur la falaise, redevenue celle qui regarde la mer. La mer tendresse, la mer berceuse, cajoleuse. La mer généreuse qui, à la pointe du jour, dans la crique des roches noires, à l'endroit même où les goélands font leurs nids, a ramené les corps de Rémi et de Florent qu'elle n'a pas réussi à séparer.

4 **la tranquillité** → tranquille – 7 **se débarrasser** *ici :* se libérer – 8 **crochu** krumm – 8 **agrippé** accroché, collé – 9 **peser** être lourd – 10 **écroulé** tombé en ruines – 10 **un taillis** Dickicht – 11 **les ronces** *fpl* Brombeerstrauch – 13 **berceur** qui berce (wiegen) – 14 **cajoleur** tendre – 14 **à la pointe** *ici :* à l'aube – 16 **un goéland** un oiseau de mer – 16 **un nid** Netz

# 14

Rémi est mort.

Camille voudrait s'enfuir. Pour aller où ? Pour faire quoi ? Elle ne sait pas. Où qu'elle soit, elle étouffe.

Elle ne peut plus supporter d'entendre ce nom, de le lire dans les journaux. Voir les larmes dans les yeux des autres lui est insupportable. Elle ne pleurera pas, ni aux obsèques ni devant sa mère. Personne ne doit deviner son secret. Ce secret, son amour pour lui, est la seule chose qu'elle peut offrir à Rémi.

Dans le doux cimetière qui domine la baie, le plus lumineux, le plus apaisant qu'elle ait jamais vu, Camille s'est éloignée des proches du mort. Elle est montée tout en haut du cimetière posé en escalier sur la pente du coteau. Ses yeux ne quittent pas la mer insouciante, irresponsable. La mer qui la défie de toute sa beauté trompeuse. Sofia est venue près d'elle, comme si elle avait senti que sa place était là. Mais elle ne touche pas Camille, ne lui prend même pas la main. La sensible Sofia ne comprend pas pourquoi la douleur de son amie est si grande, elle ne cherche pas à comprendre, elle sait combien Camille a mal. Elle est là, prête à partager.

* * *

3 **étouffer** ne plus pouvoir respirer, manquer d'air – 7 **les obsèques** *fpl* la cérémonie que l'on célèbre quand qn meurt – 10 **dominer** *ici :* être au-dessus de – 11 **lumineux** → la lumière – 12 **un proche** un parent, un ami – 14 **un coteau** Hügel – 15 **insouciant** qui ne s'inquiète pas, qui ne se fait pas de souci – 15 **irresponsable** ≠ responsable – 15 **défier** lancer un défi à qn, provoquer

Au lycée, les professeurs et les élèves ont repris le fil de la vie ordinaire. Ils parlent à Camille, mais ne lui demandent rien. Le silence sur le drame leur paraît être la plus sûre garantie de l'oubli. Et savent-ils seulement ce que la justice va exiger de Laure Duval, ce que la justice est en droit de lui faire subir ? Pourquoi ces adolescents connaîtraient-ils ce que de nombreux adultes ignorent : le poids de la responsabilité ?

Julien évite Camille, évite de se trouver seul avec elle. Il n'a pas choisi librement d'être distant et silencieux, mais il a très peur de porter sur lui, dans les traits de son visage, dans son comportement qu'il croit veule, toute la perfidie de l'injustice. Il craint le regard de Camille, ses yeux plus terrifiants pour lui que des poignards acérés. Est-ce qu'elle oubliera jamais qu'il est le fils de ce gendarme venu lui annoncer le malheur ? Le fils de ce gendarme qui a arrêté sa mère ?

Julien ne se sent pas bien chez lui, il ne se sent pas mieux au lycée, où il imagine entendre des reproches dans tous les mots qu'on lui adresse. Où qu'il soit, il est de trop. Et pour ajouter à son malaise, il ne peut jamais passer devant le bureau du capitaine, situé au bas de l'escalier qui mène à son appartement, sans trembler à l'idée de surprendre une conversation secrète, un témoignage accablant, une preuve de la culpabilité de Laure Duval.

---

2 **ordinaire** normal, quotidien – 6 **faire subir qc à qn** exiger qc de qn – 8 **un adulte** ≠ un enfant – 8 **le poids** Gewicht – 10 **être distant** se tenir à distance – 12 **les traits** *(du visage) mpl* les expressions, les lignes du visage – 12 **le comportement** Verhalten – 13 **veule** [vøl] qui manque de force, de volonté, de courage – 13 **la perfidie** la méchanceté (Bosheit) – 13 l'**injustice** *f* ce qui n'est pas juste – 15 **un poignard** Dolch – 20 **un reproche** une critique – 22 **un malaise** un trouble, le fait de ne pas se sentir bien – 23 **un capitaine** un chef militaire – 26 **accablant** *pour un témoignage* défavorable, pouvant entraîner une condamnation – 27 **la culpabilité** quand une personne est coupable ou tenue coupable de qc

Camille et lui souffrent ensemble mais à des lieues de distance l'un de l'autre. Pourtant, il suffirait d'un rien, que l'un fasse ce pas que l'autre retient, qu'ils se décident à parler pour que se soulève au moins un petit coin du voile noir. Une force destructrice a volé à Camille son amour tout neuf, une mère qu'elle ne retrouvera jamais plus et, pour faire bonne mesure, voilà qu'elle lui retire aussi l'amitié de Julien, Julien le confident depuis l'enfance… Si Camille n'a plus franchi le seuil de la gendarmerie, Julien n'a jamais osé revenir dans la petite maison aux volets bleus.

Ils n'ont en commun que les résultats scolaires lamentables de ce début de trimestre. Sur le garçon tombent toutes les menaces. Les professeurs lui prédisent un avenir sombre, un redoublement, un échec certain au baccalauréat. Le ton change dès qu'ils s'adressent à la fille. Et cette complaisance dans laquelle elle croit deviner de la pitié, Camille la rejette en travaillant plus mal encore.

Pourquoi la protègent-ils tant alors qu'ils ne connaissent que la plus petite partie visible de son désespoir ?

Jour après jour, autour d'elle, s'est dressé un mur protecteur, une véritable forteresse qui la garde des mauvais coups. Ses copains ont réussi à calmer l'excitation soulevée par l'accident sans parvenir tout

1 **à des lieues** *fpl* très loin – 3 **retenir** *ici :* ne pas faire – 5 **destructeur** qui détruit – 7 **faire bonne mesure** être généreux (großzügig) – 8 **retirer** enlever – 9 **franchir** *ici :* passer – 10 **le seuil** l'entrée *f* – 12 **avoir qc en commun** qc que partage deux personnes – 12 **un résultat** *ici :* une note – 13 **lamentable** *ici :* nul, mauvais – 15 **prédire** annoncer à l'avance un événement – 15 **un redoublement** quand on ne passe pas dans la classe supérieure à la fin de l'année – 16 **un échec** ≠ une réussite, un succès – 17 **s'adresser à qn** parler à qn – 17 **la complaisance** le fait d'être gentil, aimable – 18 **la pitié** Mitleid – 21 **visible** que l'on voit – 23 **se dresser** s'élever, se former – 24 **protecteur** qui protège – 24 **véritable** vrai – 24 **une forteresse** *ici :* ce qui protège qn et le rend difficile d'accès – 25 **calmer** diminuer (nachlassen) – 26 **l'excitation** *f* le trouble, l'agitation *f*; ≠ le calme – 26 **soulevé** *ici :* provoqué, causé

à fait à éteindre la rumeur que le passage des gendarmes au lycée a alimentée. Ainsi, une phrase innocemment lancée suffit à détruire le fragile équilibre. Les mots prison, cellule, taule, meurtre, vague, bateau, sauvetage ne peuvent pas être prononcés sans que Camille s'affole, se fasse toute petite pour ne pas être repérée et prise à partie. Souvent, elle rebrousse chemin en rasant les murs pour s'éloigner au plus vite du groupe comploteur.

Peu à peu, Camille s'est mise à détester la fille qu'elle est devenue. Lâche. Dissimulatrice. Indolente. Même son corps lui fait horreur. Elle l'affame ou le gave, l'asperge d'eau glacée jusqu'à la limite de l'évanouissement, et pour l'oublier elle l'enveloppe de pulls immenses qui lui donnent l'apparence d'un vieil épouvantail. Ses cheveux longs paraissent plus longs et plus sombres depuis qu'ils cachent son visage. Son regard est fuyant. Plus personne n'ose chahuter Camille. Plus personne n'essaie de la faire rire, de raconter devant elle n'importe quelle gaudriole. Elle est ce pitoyable animal qui sursaute et blêmit dès qu'on l'approche. Elle s'isole, se punit, croit expier

1 **une rumeur** Gerücht – 1 **un passage** → passer – 2 **alimenter** *ici :* etw wach halten – 3 **innocemment** naïvement – 3 **lancer** *ici :* dire qc – 4 **l'équilibre** *m* Gleichgewicht – 4 **une cellule** *ici :* une petite pièce où l'on enferme des gens en garde à vue – 4 **la taule** *arg* la prison – 4 **un meurtre** le fait de tuer volontairement qn – 6 **s'affoler** avoir peur, paniquer – 7 **repérer** *ici :* voir – 7 **prendre qn à partie** attaquer qn – 8 **rebrousser chemin** revenir en arrière – 8 **raser les murs** marcher très près des murs pour se cacher, se protéger – 9 **comploteur** le fait de préparer qc en secret – 11 **dissimulateur** une personne qui cache qc dans son comportement – 11 **indolent** ≠ actif – 12 **affamer** faire souffrir de la faim en ne mangeant pas – 12 **gaver** manger avec excès, en grande quantité – 13 **asperger** *ici :* den Körper mit (*hier:* kaltem) Wasser bespritzen – 13 **à la limite de qc** près de qc – 14 **un évanouissement** Ohnmacht – 14 **envelopper qc de qc** couvrir de qc – 15 **donner l'apparence à qn de qc** faire que qn a l'air de qc – 16 **un épouvantail** Vogelscheuche – 18 **fuyant** *pour le regard* qui ne veut rencontrer le regard de personne – 18 **chahuter qn** faire des blagues à qn – 20 **une gaudriole** *fam ici :* une plaisanterie (Scherz) – 21 **pitoyable** pauvre, triste – 21 **blêmir** devenir blanc – 22 **s'isoler** se mettre à l'écart des autres, rester seule – 22 **se punir** sich bestrafen – 22 **expier une faute** réparer une faute en se punissant

ainsi la faute commise en retenant l'aveu de son amour. Et elle se torture en se persuadant que si Rémi avait su qu'elle l'aimait, il se serait battu avec plus de rage. Il aurait survécu pour elle, à travers elle.

Lorsqu'en silence, regardant Laure, elle essaie de voir la coupable de la mort de Rémi, tout son être se hérisse, refuse, se met à hurler.

* * *

La peur est la plus fidèle compagne de Camille. Elle ne la lâche jamais. Dès que retentit la sonnerie du téléphone, son ventre se crispe et le sang déserte son visage. Elle décroche en tremblant, comme si l'appareil ne savait donner que de terribles nouvelles. Et si l'on frappe à la porte, elle craint de voir apparaître des gendarmes, des policiers ou des juges. À chaque bruit insolite, elle répond par un réflexe de fuite. S'il vient de la porte, elle a un regard paniqué vers la fenêtre ; s'il vient du téléphone, son premier geste est d'aller vers la porte. Elle ne se sent libre qu'au-dehors. Là, elle sait qu'elle pourra courir droit devant elle et que personne au monde ne sera assez rapide pour la rattraper.

La voix de l'avocat est celle qu'elle redoute le plus. Elle voudrait que cet homme n'existe pas, qu'il n'ait jamais existé. Ni lui ni tous ceux qui lui ressemblent. Sa grand-mère a beau répéter qu'il n'est là que pour soutenir Laure, elle n'en croit rien. Comment pourrait-

1 **commis** fait – 1 **retenir** *ici :* ne pas dire – 1 **un aveu** → avouer qc – 2 **se torturer** sich quälen – 4 **survivre** sortir vivant d'une situation très dangereuse, mortelle – 6 **se hérisser** avoir une réaction de défense, ne pas accepter une situation – 9 **fidèle** treu – 9 **une compagne** → accompagner qn – 10 **lâcher qn** quitter qn – 11 **se crisper** sich zusammenziehen, verkrampfen – 11 **déserter qn/qc** quitter qn/qc – 16 **insolite** bizarre – 16 **la fuite** → fuir – 27 **soutenir qn** aider qn moralement

il la soutenir alors qu'il n'emploie avec elle que des termes qui la persécutent ? Il ne sait pas trouver les mots qui disent la souffrance. Et il feint d'ignorer les prénoms des disparus. Il n'a qu'un devoir, combattre la partie adverse, l'ennemi : Rémi et Florent. Comment Rémi pourrait-il être devenu l'ennemi de sa mère ?

De son côté, cet homme, censé défendre Laure, grommelle, s'énerve, enrage devant l'atonie de sa cliente qu'il voudrait plus ferme, plus ardente. Il dit qu'elle donne l'impression de se moquer du verdict, de ne rien faire pour aider à sa défense. Dans ces conditions, il aura beaucoup de mal à obtenir la clémence. Des mots ! Laure reste inerte sur sa chaise, ses grands yeux noirs fixés sur l'avocat qui gesticule. Elle ne répond pas, ne revient jamais sur les vérités qu'elle a énoncées une première fois. Et lorsque, à mots couverts, l'homme essaie de lui faire comprendre qu'il serait bon de dissimuler certains minuscules détails, elle sursaute, se rebiffe, reprend vie soudain pour crier qu'une seule chose lui importe : comprendre pourquoi elle n'a pas réussi à sauver Florent et Rémi. Elle ne se battra pas pour obtenir le pardon de la société.

2 **persécuter qn** jdn verfolgen – 4 **combattre** se battre contre – 5 **la partie adverse** la partie contre laquelle on se bat – 5 **un ennemi** ≠ un ami – 7 **(être) censé faire qc** eigentlich etw tun sollen – 8 **grommeler** etw vor sich hin brummeln – 8 **l'atonie** *f* ≠ l'activité *f*, l'énergie *f* – 9 **ardent** ≠ calme – 10 **un verdict** Urteil – 13 **la clémence** Gnadenakt – 14 **gesticuler** faire beaucoup de grands gestes – 15 **la vérité** ce qui est vrai – 16 **énoncer** dire – 18 **dissimuler** cacher – 19 **se rebiffer** *fam* se révolter, protester – 20 **importer** compter, être important – 23 **la société** Gesellschaft

# 15

Laure est seule, face à elle-même. Ni sa fille ni sa mère ne peuvent pénétrer dans la vie de recluse qu'elle s'inflige. Sa douleur ne se partage pas. En rejaillissant sur celles qu'elle aime, son désespoir se multiplie.

Ignore-t-elle vraiment l'amour secret de sa fille ? Pourquoi Camille souffre-t-elle tant ? Elle la voit se transformer, devenir semblable à ces feuilles d'automne, si belles, que le premier gel dessèche en un jour.

Elle voudrait lui parler, mais sa petite se dérobe avec, dans le regard, une détresse démesurée, fuit, court on ne sait où, seule toujours, seule bien plus qu'avant. Comment lui dire : « Je ne veux pas que tu aies mal pour moi », alors qu'elle sent confusément qu'avec ces mots elle ferait fausse route...

La grand-mère est devenue uniquement nourricière. Pareille en cela aux femmes de tous les temps qui essaient malgré les malheurs de maintenir vivants ceux qu'elles ont fait naître. Silencieuse et digne, elle impose la retenue, inspire le respect. Et personne en sa présence ne se hasarderait à parler à tort et à travers.

* * *

2 **une recluse** une personne qui vit volontairement enfermée, loin du monde – 3 **s'infliger qc** sich auferlegen – 3 **rejaillir sur qn** retomber sur qn – 4 **se multiplier** *ici:* devenir plus grand – 6 **se transformer** changer – 8 **le gel** Frost – 8 **dessécher** austrocknen – 10 **se dérober** se retirer en évitant qn/qc – 11 **la détresse** Hilflosigkeit – 11 **démesuré** trop grand – 14 **confusément** ≠ clairement – 16 **nourricier** qui nourrit / donne à manger – 18 **maintenir** *ici :* garder – 20 **imposer qc** etw durchsetzen – 20 **la retenue** la réserve, la discrétion – 20 **inspirer** *ici :* faire naître, provoquer – 21 **se hasarder à faire qc** oser, risquer de faire qc – 21 **parler à tort et à travers** parler à la légère, sans réfléchir à ce qu'on dit

Tant de mois ont passé. Une année entière. Dans la ville et les villages environnants, nul ne songe plus à évoquer le drame de la mer. D'autres drames, quelques réjouissances ont effacé dans les mémoires les traces du jour maudit. Rares sont ceux qui se souviennent encore de la vraie Laure, celle qui semblait si bien faite pour le bonheur. Il en est ainsi partout. Tout ce qui paraît effroyable pendant les quelques jours qui suivent un grand malheur s'émousse peu à peu pour tous ceux qui n'en sont pas les victimes directes, jusqu'à ne laisser dans le souvenir qu'une poussière de regrets désagréables, que chacun essaie de chasser par tous les moyens.

Camille a perdu l'amitié de Julien, elle n'a pas essayé de comprendre ses maladresses. De son côté, le garçon a résolument changé d'orientation, a choisi un lycée professionnel où il a dû redoubler sa terminale. Interne, il ne rentre chez lui qu'en fin de semaine.

Quant au sentiment qui la lie à Antoine, elle ne sait plus lui donner de nom. Peut-on aimer deux garçons à la fois ? Certaines le peuvent peut-être. Pas elle. Alors, elle choisit la solution extrême, la plus folle, la plus incohérente, la seule qui lui paraît possible : elle quittera Antoine, elle se défera de lui. Elle n'a que trop tardé à sortir de ce cocon qui l'englue.

* * *

2 **environnant** voisin, proche – 4 **des réjouissances** *fpl* des moments de fêtes qui apportent la joie – 4 **effacer** faire disparaître qc – 8 **effroyable** horrible – 9 **s'émousser** diminuer (→ p. 62) – 12 **un regret** → regretter – 12 **désagréable** ≠ agréable – 12 **chasser** *ici :* faire disparaître – 15 **la maladresse** Ungeschicklichkeit – 16 **résolument** bewusst – 16 **l'orientation** *f* qui concerne la situation scolaire et l'avenir des élèves – 16 **un lycée professionnel** un lycée où l'on apprend un métier – 17 **redoubler** recommencer la même classe – 17 **la** *(classe de)* **terminale** Klasse 12 (G8) – 18 **interne** un élève qui dort au lycée, à l'internat, et ne rentre chez lui que le week-end – 23 **incohérent** confus; ≠ logique – 24 **se défaire** se séparer de qn (sich von jdm trennen) – 25 **tarder à faire qc** mettre longtemps à faire qc – 25 **engluer** retenir dans de la glu (Kleber)

Antoine a senti qu'il allait perdre l'unique fille qui ait su l'émouvoir. Il a deviné avant elle qu'il ne pouvait plus, à lui seul, lui tenir lieu de tout.

Ils se voient peu. Seule demeure la tendresse, alors qu'il sait depuis toujours qu'elle n'aspire qu'à la passion. Ils en ont si souvent discuté ensemble. Antoine est un garçon sérieux, solide, sans problème, qui avait, avant leur rencontre, choisi sa route, décidé de ses études à venir.

Pour l'amour de Camille il est prêt à tout. Et même à s'éloigner de la voie qu'il s'était tracée. Prêt à aller s'il le faut à l'autre bout de la terre satisfaire la soif d'aventure de celle qu'il aime. Et cela aussi, avant le drame, faisait l'essentiel de leurs conversations, de leurs disputes et de leurs réconciliations.

Il n'aurait pas su expliquer pourquoi il avait été attiré par cette fille secrète et changeante qui n'était pas plus belle que certaines de ses copines. Moins jolie que la délicieuse Sofia, moins amusante que la plupart des autres. Moins aguicheuse qu'Audrey qui n'arrêtait pas de tourner autour de lui. Très vite, dès leur première rencontre, il s'était senti sous l'emprise, sous le charme de cet être mystérieux dont la profondeur, la sensibilité extrême le grisait.

2 **émouvoir qn** provoquer chez qn des émotions fortes – 3 **tenir lieu de qc à qn** jdm etw ersetzen – 5 **aspirer à qc** souhaiter qc – 12 **le bout** *ici :* la partie d'un objet qui le termine, l'extrémité – 12 **satisfaire qn** jdn zufrieden stellen – 14 **l'essentiel** *m* le plus important – 15 **une réconciliation** Versöhnung – 16 **être attiré par qn** être intéressé, charmé par qn – 20 **aguicheur** qui veut attirer, plaire – 22 **sous l'emprise de qn** sous l'influence de qn – 23 **la profondeur** Tiefsinnigkeit – 24 **griser qn** *ici :* jdn verzaubern

# 16

Camille a donné rendez-vous à Antoine au bord de la plage déserte, à une heure où plus personne ne rend visite à la mer. Il fait froid, le ciel charrie des nuages bas qui laissent par instants déborder une averse glaciale. La mer dépose sur le sable mouillé les algues brunes ramenées de loin. Et puis, comme si elle regrettait son geste, elle envoie une vague plus vigoureuse que les autres pour reprendre ce qu'avait abandonné la vague précédente.

Que Camille ait choisi ce lieu pour lui parler étonne Antoine. Ce n'est d'ordinaire pas ici qu'ils se rencontrent. Si elle a voulu venir là, entre la mer voleuse et le cimetière où repose Rémi, c'est pour se donner du courage.

Le garçon a passé son bras autour des épaules de Camille avec toujours ce même geste de tendre possession, et elle l'a laissé faire. Elle a même posé sa main sur celle du garçon. Ils ont marché quelques minutes ainsi, serrés l'un contre l'autre. Le sable mou garde l'empreinte de leurs pas, la gardera jusqu'à la prochaine marée. Et celui qui suivrait ces pas dans le sable n'aurait aucun mal à imaginer un couple d'amoureux comblé.

Ils pourraient rester ainsi longtemps dans le silence, ils en ont l'habitude, cela leur arrive souvent. Et ce serait tellement plus facile, reposant et doux.

3 **charrier** transporter – 4 **déborder** couler – 4 **une averse** une forte pluie soudaine – 8 **vigoureux** fort – 13 **reposer** *pour un mort* être enterré – 17 **la possession** Besitz – 18 **serré** tout près – 19 **mou** ≠ dur – 20 **une empreinte** une trace – 22 **un couple** deux personnes qui s'aiment – 23 **comblé** satisfait, heureux – 26 **reposant** tranquille, calme

C'est Camille qui, la première, rompt le charme. Sa voix a retrouvé la netteté d'autrefois. Elle ne s'excuse ni ne s'interroge, elle affirme :

– Je me suis trompée, dit-elle. Oui, je suis sûre de m'être trompée.

Juste le temps de reprendre son souffle, de laisser au garçon la petite seconde qui lui permet d'imaginer mille éventualités et elle martèle :

– Je ne t'aime pas.

Les mots sont tombés, secs, durs. Antoine se tait.

– Je ne t'ai jamais aimé. Je l'ai cru. Je le jure. Ce n'était pas vrai.

Tout est dit. Tout est saccagé. Sur la main d'Antoine, les doigts de Camille n'ont pas frémi, ne se sont pas retirés. Le garçon a seulement ralenti le pas. Ils se regardent et, cette fois, elle ne baisse pas les yeux. Il sait qu'elle ne donnera pas d'explications. Elle est ainsi, cette fille qu'il aime, solitaire, énigmatique, différente de toutes celles qui n'hésitent pas à se jeter à son cou, et c'est pour cela qu'il l'aime. Lentement, ils continuent à avancer en silence pour laisser le temps aux mots de tracer leur chemin. Et puis, avec précaution, comme s'il s'agissait d'un membre blessé, Camille détache d'elle le bras d'Antoine, s'écarte de lui, et avant qu'il ait pu esquisser un geste, s'enfuit en courant. En courant par habitude, comme elle l'a toujours fait quand elle avait mal, pour fuir la souffrance, la semer, prendre de la distance, avec l'espoir de ne plus l'apercevoir.

1 **rompre** casser, briser – 2 **la netteté** le fait d'être net, clair, précis – 3 **affirmer** behaupten – 8 **une éventualité** une possibilité – 8 **marteler** articuler chaque syllabe, chaque mot avec force – 13 **saccager** détruire – 14 **se retirer** s'enlever – 15 **ralentir** aller plus lentement – 18 **solitaire** qui aime être seul – 18 **énigmatique** mystérieux – 20 **le cou** Hals – 22 **tracer** → une trace – 23 **une précaution** une attention particulière – 28 **semer** *ici :* laisser loin derrière soi

La nuit est descendue jusqu'à la lisière entre l'eau et le sable. L'écume des vagues retient encore un peu la fin du jour.

Une fois cette décision prise, la plus radicale, la plus troublante, toutes les autres vont lui sembler faciles. En rejetant Antoine, Camille vient de perdre le reste de douceur attaché à sa vie. Elle n'a plus rien pour la retenir, plus de protection contre le malheur. Cette fois, elle n'a aucune chance de perdre le malheur de vue, elle va devoir le regarder en face.

* * *

Combien de fois, en apercevant Antoine dans la cour du lycée, sur le terrain de sport ou ailleurs, Camille a-t-elle dû se faire violence pour ne pas courir vers lui, se blottir dans ses bras, le temps de sentir la force d'un homme contre elle ? Avoir le droit de fermer les yeux, de se laisser aller sans crainte de tomber, d'être foudroyée.

Antoine, lui, la retrouve dans les rues, dans la foule des assemblées qui réunissent les jeunes de la région. Il est très grand et domine les autres têtes. Parce qu'il est amoureux, un instinct conduit son regard vers les groupes les plus fermés où pourrait se dissimuler sa discrète amie. Il voudrait redevenir un gamin qui oublie en une nuit la bagarre de la veille et qui joue, dès le lendemain, avec ceux-là mêmes qui l'ont rossé.

Il a succombé quelques jours aux avances d'Audrey, comme ça, pour ne pas la repousser comme lui l'a été.

1 **la lisière** la limite – 17 **être foudroyé** *ici :* être sous le choc psychologique – 20 **une assemblée** quand de nombreuses personnes se regroupent au même endroit – 20 **réunir** rassembler, regrouper – 24 **un gamin** *fam* un enfant – 26 **rosser qn** *vx* frapper, battre qn avec violence – 27 **succomber aux avances de qn** finir par se laisser séduire par qn

Pour oublier son désir et sa souffrance, il a cédé à cette jolie fille qui le poursuit depuis des mois avec une persévérance émouvante. Finalement, cette minuscule aventure n'est pas allée bien loin, n'a servi à rien, sinon à prouver au garçon qu'une seule fille compte pour lui. Délaissé, abandonné, il ne peut pas se résoudre à oublier si vite. Audrey a compris cette fois qu'Antoine ne lui reviendrait pas, quoi qu'il arrive.

1 **céder à qn** ne pas résister à une personne, s'abandonner à qn – 3 **émouvant** qui émeut (bewegend) – 5 **prouver** beweisen – 6 **délaissé** seul – 6 **se résoudre à faire qc** se décider à faire qc

# 17

Les jours passent, tellement semblables les uns aux autres. Camille s'est remise au travail, elle étudie plus qu'elle ne l'a jamais fait, n'a qu'un seul objectif : obtenir, cette année enfin, le bac qui lui permettra de fuir le plus loin possible de cette région qu'elle croit hostile. Étudier ne demande pas de faire appel à des sentiments, bien au contraire ; elle doit fixer sa pensée sur une étude précise qui éloigne la rêverie. Tous les week-ends, elle reste enfermée chez elle par crainte de rencontrer Julien.

Julien qui lui manque, comme Antoine lui manque, comme Rémi lui manque. Elle crie tout bas leurs noms, les mêle, sanglote sans bruit, le visage enfoncé dans son oreiller. Et puis se remet au travail dès qu'elle entend les pas de Laure dans l'escalier.

– Il faut que je t'explique, Camille.

– Quoi encore ?

Parce qu'elle est toujours en alerte, tout de suite affolée à l'idée d'un élément nouveau qui viendrait troubler le vide qu'elle s'efforce de maintenir, elle répond méchamment ou avec indifférence.

Laure ne commence à parler que lorsque sa fille quitte le livre des yeux, pour la regarder enfin.

– Il faut que tu saches que le procès aura lieu bientôt.

– Qu'est-ce qu'il va se passer ?

Nous allons tous devoir revivre le naufrage. Tu sais bien comment se déroule un procès.

4 **le bac** *Abk* le baccalauréat – 6 °**hostile** froid, ennemi – 13 **mêler** mélanger – 13 **enfoncé** plongé – 14 **un oreiller** Kopfkissen – 18 **être en alerte** être prêt à se défendre face à un danger – 21 **l'indifférence** *f* Gleichgültigkeit – 27 **un naufrage** Schiffbruch

– Je devrai y aller ?

Laure interrompt Camille avant qu'elle n'aille plus loin.

– N'aie pas peur, rien ne t'oblige à être présente.

– Mais toi ?

– Moi, je serai sur le banc des inculpés.

– Seule ?

Laure sourit, elle sait que sa réponse va être réconfortante.

– Non, dit-elle, non ! Il y aura le directeur du centre nautique, d'autres personnes aussi que je ne connais pas.

– C'est ouvert au public ?

– Oui.

– Il y aura beaucoup de monde ?

– Oui, je pense.

– Les parents de Rémi ?

– Et la maman de Florent.

– Son père ?

– Personne n'en a jamais parlé.

– Et ton avocat ?

– Mon avocat est aussi celui du centre nautique. Il devra défendre avec force le centre.

– Mais toi alors ?

– Lorsque cet avocat a compris que je ne ferais rien pour aider à la défense de ma cause, on m'a attribué un jeune avocat qui débute.

– Tu le connais ?

Je ne l'ai vu que deux fois.

– Il est comment ?

6 **un inculpé** une personne que l'on pense coupable – 9 **réconfortant** tröstlich – 26 **attribuer qc à qn** donner qc à qn

– Patient, et gentil.

– Il sera près de toi ?

– Oui. Il faut que tu comprennes que l'on va forcément m'accuser.

– Mais de quoi ?

– Les avocats des familles des victimes ont épluché le dossier à la recherche de la plus petite faille. C'est leur travail. C'est normal.

– On pourrait te juger coupable de la mort de Rémi…

Sur ce prénom Camille s'arrête. Le regard de sa mère se fait incisif. Ses yeux sombres la transpercent, la questionnent. Laure baisse la tête pour ne pas montrer son émoi. Ce qu'elle croit comprendre, ce sentiment auquel elle n'avait jamais songé, voilà qu'il lui paraît clair. Cette découverte la bouleverse tant qu'elle bafouille :

– Et de Florent, oui, c'est possible.

Camille se tait. Elle regarde la fenêtre où la pluie cingle les vitres. Elle respire vite et mal, comme lorsque, enfant, elle débutait une crise d'asthme.

– Il faut que j'aille prendre l'air.

Laure n'a même pas le courage de lui faire remarquer qu'il pleut très fort. D'ailleurs, cela ne servirait à rien. Elle-même a recommencé à sortir par tous les temps. Et presque toujours dans les soirées comme celle-ci. Comme si elle ne se permettait pas les couchants éblouissants que Rémi et Florent ne peuvent plus contempler.

1 **patient** geduldig – 4 **forcément** d'une manière nécessaire – 6 **éplucher** *ici :* examiner, analyser – 7 **un dossier** un ensemble de documents – 7 **une faille** Schwachstelle – 9 **juger qn coupable** jdn für schuldig befinden – 12 **incisif** *pour un regard* vif, pénétrant – 12 **transpercer qn** jdn durchbohren – 14 **un émoi** un trouble – 16 **bouleverser** troubler – 20 **cingler** frapper – 27 **un (soleil) couchant** quand le soleil se couche – 28 **éblouissant** beau, lumineux

Dans ces moments-là, Laure emprunte un vieux dériveur et s'en va seule affronter l'océan lourd de menaces. Elle se laisse malmener par les vagues mais, instinctivement, elle a le mouvement qu'il faut pour se maintenir sur l'eau. Elle pourrait aussi, comme Camille, maudire la mer, l'insulter, crier sa rage et sa douleur. Elle n'est pas de celles qui rejettent ce qu'elles ont adoré. Et c'est là, justement, sur l'océan immense, qu'elle retrouve un peu de sérénité.

2 **un dériveur** *mar.* Jolle – 2 **affronter** se battre contre – 9 **la sérénité** le calme, la tranquillité

# 18

Une vie entière ne suffirait pas pour expliquer la mort de deux jeunes hommes. Pourtant le procès ne durera qu'une journée. Un procès où le principal suspect, l'océan, restera muet, indifférent, inattaquable.

* * *

La lune éclaire la chambre presque aussi bien qu'un crépuscule. Camille, réveillée depuis longtemps, peut suivre dans la pénombre le cheminement des nuages. Leurs ombres dessinent sur les murs les formes étranges d'animaux depuis longtemps disparus. Les suivre des yeux serait le plus sûr moyen de retomber dans le sommeil, loin, très loin du jour terrifiant qui déjà s'accroche aux carreaux. Dormir, oui, ne plus bouger, penser très fort qu'un mal inconnu la terrasse, que ses jambes ne veulent plus obéir. Que ce n'est pas de sa faute si elle ne peut pas se lever. Sa mère elle-même lui a dit qu'elle n'était pas obligée...

Dans quelques heures le procès commencera. Quelques heures pour tenter d'expliquer l'inexplicable, quelques heures pour juger et punir.

Camille sait bien que, quoi qu'il arrive, elle sera près de Laure.

* * *

3 **durer** dauern – 4 **un suspect** Verdächtiger – 5 **inattaquable** que l'on ne peut pas attaquer – 7 **la lune** ≠ le soleil – 8 **le crépuscule** quand le soleil se couche; ≠ l'aube – 9 **la pénombre** → l'ombre *f*, ≠ la lumière – 9 **le cheminement** *ici :* le mouvement – 14 **un carreau** Fensterscheibe – 20 **tenter de faire qc** essayer de faire qc – 21 **l'inexplicable** *m* ce que l'on ne peut pas expliquer

Juste à l'instant où l'aïeule et sa petite-fille vont quitter la maison, le carillon de l'entrée retentit. Elles hésitent à aller ouvrir. C'est toujours, depuis des mois, la même appréhension qui les paralyse. Une seconde sonnerie qui paraît plus stridente décide la grand-mère à faire les dix pas qui la séparent de la porte.

– C'est moi ! dit une voix que Camille reconnaît aussitôt.

Julien n'a pas essayé de pénétrer dans le couloir. Il reste planté dans l'embrasure, semblable à un chien qui vient quémander des caresses mais redoute plus encore les coups.

Dans un mouvement naturel, la grand-mère l'invite à entrer et, aussitôt, se reprend.

– Nous allions partir, chuchote-t-elle, comme si ce qu'elle se préparait à accomplir devait rester ignoré.

– Je sais, et je voudrais venir avec vous. J'ai pris la voiture, je vais vous conduire.

Il a prononcé ces quelques mots à mi-voix sans demander si on voulait bien de lui. Il n'a pas un instant détourné son regard, et Camille a su tout de suite qu'elle allait mieux supporter cette journée de cauchemar.

– Mais le taxi nous attend ! se défend la grand-mère.

– Je vais le renvoyer.

Camille est montée près de lui. Il ne l'a pas embrassée, pas touchée. Il est seulement là, tout proche, pareil au frère qu'elle n'a jamais eu. Deux enfants de la même malheureuse mère.

2 **un carillon** Türglocke – 4 **l'appréhension** *f* la peur – 5 **strident** schrill – 9 **rester planté** *ici :* rester sur place debout et immobile – 10 **l'embrasure** *f* l'entrée *f* – 11 **quémander qc** demander qc – 15 **chuchoter** parler à voix basse, murmurer – 16 **accomplir** faire – 20 **détourner le regard** regarder dans une autre direction pour ne pas voir qc/qn

# 19

La foule se presse devant les portes du palais de justice. Antoine est là aussi, Camille l'a aperçu tout de suite parmi une horde de journalistes, de policiers et de curieux qui gesticulent pour atteindre les premiers rangs. Il est là, au milieu des autres, apparemment pareil aux autres, anonyme. Et cependant venu jusqu'à ce lieu sinistre, uniquement pour elle.

Dans la salle d'audience, le remue-ménage est à son comble. Certains, pris dans la bousculade, laissent échapper un rire.

Pour être plus près de sa maman qui va se tenir sur le banc des prévenus, Camille s'est assise au premier rang, entre sa grand-mère et Julien. Elle sent derrière elle le regard d'Antoine. Et ce seul regard posé sur sa nuque, sur ses épaules, suffit à lui faire monter les larmes aux yeux. Elle étouffe déjà, voudrait tellement être ailleurs. Elle voudrait se battre contre quelqu'un ou quelque chose avec ses poings, avec ses pieds. Elle voudrait nager dans des vagues immenses qui l'aspireraient vers le grand large. Elle voudrait naviguer sur l'océan et voir la tempête déchirer les voiles.

Elle voudrait être seule pour sauver sa vie ou pour la perdre. La nausée lui monte à la gorge, chasse les rêves inutiles et, au moment où l'on annonce la Cour, Camille est terrifiée à l'idée qu'elle pourrait vomir

1 **se presser** venir en foule – 3 **une horde** un groupe de personnes indisciplinées – 6 **un rang** Reihe – 6 **apparemment** sans doute, certainement, sûrement – 9 **la salle d'audience** Gerichtssaal – 9 **le remue-ménage** l'agitation *f* – 9 **être à son comble** être au maximum – 10 **une bousculade** → bousculer – 11 **échapper** *ici :* sortir – 13 **un prévenu** Beschuldigte(r) – 16 **la nuque** Nacken – 19 **le poing** Faust – 20 **nager** schwimmen – 21 **aspirer** absaugen – 21 **le large** la haute / pleine mer (Hochsee) – 26 **être terrifié** avoir très peur – 26 **vomir** sich übergeben

devant tout le monde, ou s'évanouir. Surtout ne pas attirer l'attention sur elle. Elle qui n'a pas le droit de se plaindre. Elle dont la mère est vivante !

* * *

Le calme est revenu dans la grande salle. Laure Duval est là, debout, rigide. Ses yeux parcourent la salle et, rencontrant ceux de sa fille, ne s'arrêtent qu'un instant, pressés de trouver ce qu'ils cherchent : la mère de Florent, les parents de Rémi, unis, eux, dans une même douleur.

Commence alors le long développement de la tragédie. Aucun détail n'est épargné. Camille sent venir la vague meurtrière, entend claquer les voiles, grincer les drisses. Elle prend en plein visage le souffle qui soulève la frêle embarcation. Et sur sa nuque le coup qui a assommé Florent l'assomme aussi. Elle chancelle et, pour ne pas tomber, s'agrippe au bras de Julien.

Les mots enflent, se font nets et précis. On dit que Rémi entend le choc, se tourne vers Florent, se jette sur lui pour le retenir et reçoit à son tour la bôme qui le déséquilibre et l'envoie par-dessus bord. Le bateau chavire. Il y a les cris des quatre autres que leur monitrice a réussi à ramener vers la coque de l'esquif

1 **s'évanouir** in Ohnmacht fallen – 2 **attirer l'attention de qn sur qc/qn** jds Aufmersamkeit auf etw lenken – 6 **parcourir des yeux** regarder attentivement autour de soi – 11 **un développement** Ablauf – 13 **meurtrier** qui tue – 13 **claquer** *ici :* produire un bruit sec – 14 **grincer** quietschen – 14 **une drisse** *mar.* Fall – 15 **frêle** ≠ résistant, solide – 15 **une embarcation** un bateau – 17 **chanceler** trembler, menacer de tomber – 17 **s'agripper à qc/qn** se tenir fermement à qc/qn – 22 **déséquilibrer qn** jdn aus dem Gleichgewicht bringen – 22 **par-dessus bord** à la mer, dans l'eau – 24 **une coque** *mar.* Rumpf – 24 **un esquif** *mar.* un petit bateau

où ils se cramponnent de toutes leurs dernières forces, tandis qu'elle fouille les profondeurs de l'eau.

Il y a ce gilet de sauvetage ridicule qui flotte contre la quille.

Sur le visage de Laure, dans chaque muscle tendu, dans chaque ride nouvelle, on peut voir se dérouler l'effroyable scène.

On lui demande si elle a quelque chose à ajouter à ce récit des faits. Elle répond :

– Non, monsieur le président.

– Tout s'est passé exactement ainsi ?

– Oui, monsieur le président.

Seule la présence des deux garçons disparus remplit l'espace. Il n'y a pas un murmure, pas un bruit, pas un sanglot.

1 **se cramponner** sich an etw festklammern – 2 **tandis que** pendant que – 2 **fouiller** chercher, explorer – 2 **les profondeurs** *fpl* le fond de l'eau (Tiefe) – 3 **flotter** treiben – 4 **une quille** *mar.* Kiel – 5 **tendu** angespannt – 6 **une ride** Falte

# 20

À charge ou à décharge, les témoins se succèdent. Entrent, les uns après les autres. Il y a là ceux qui n'ont rien vu du drame mais qui tentent de l'expliquer à leur manière parce qu'ils font partie des métiers de la mer. Il y a les sauveteurs qui n'ont pas pu sauver et ceux qui pensent qu'ils auraient dû sauver. Les moniteurs de l'école de voile et d'anciens yachtmen connus, venus dire combien de mauvaises surprises leur avait réservées l'océan.

En dernier arrivent, chacun à leur tour, les quatre stagiaires victimes du naufrage. Leurs récits convergent. Tous racontent la scène telle qu'elle a été relatée au début. L'un des quatre garçons qui tenait la barre à ce moment-là décrit avec des mots justes ce qu'il a vu sans avoir le temps de crier pour avertir du danger. Il évoque ce vent si soudain, dit le brutal mouvement de la bôme qui a balayé Rémi et Florent.

Et puis les plaidoiries commencent, longues et obscures. Le centre nautique est le premier accusé. On critique chaque détail de l'organisation. On exprime des regrets sur la pauvreté des moyens mis en œuvre.

On déplore le nombre restreint d'instructeurs, la jeunesse, le manque de formation des aides-moniteurs, la vétusté du matériel. On accable les secours, pas assez rapides, mal renseignés, dérisoires.

1 **(un témoin) à charge** Belastungszeuge – 1 **(un témoin) à décharge** ≠ (un témoin) à charge – 1 **se succéder** se suivre, venir l'un après l'autre – 4 **une manière** une façon – 5 **un sauveteur** Retter – 12 **converger** übereinstimmen – 12 **relater** raconter – 13 **tenir la barre** steuern – 15 **avertir qn** informer qn – 17 **balayer** *ici :* emporter ce qui se trouve sur son passage – 18 **une plaidoirie** Plädoyer – 21 **la pauvreté** → pauvre – 21 **mis en œuvre** utilisé – 22 **déplorer** regretter – 22 **restreint** limité – 22 **un instructeur** un moniteur – 23 **la formation** Ausbildung – 24 **la vétusté** le fait d'être vieux, en mauvais état – 24 **accabler qn** jdn belasten – 25 **dérisoire** ridicule; ≠ important

Ensuite vient le non-respect des informations météorologiques. Et, dans un même temps, on attaque le service de météorologie pour ces informations hypothétiques.

Chacun essaie de clouer le bec à son adversaire. Les institutions sont montrées du doigt et, sur la lancée, bon nombre d'associations. On s'en prend à tout ce qui a forme humaine : au maire, aux bénévoles, aux fonctionnaires du ministère de la Jeunesse et des Sports, aux constructeurs de voiliers, au balisage des côtes, aux parents négligents, aux enseignants laxistes, à la jeunesse inconsciente et rebelle...

Jusque-là, Laure n'est pas seule sur le banc des inculpés. On tergiverse longtemps sur le manque de moyens. Et les minutes passent, puis les heures.

* * *

Parmi les avocats, celui qui prend la parole est sobre, clair, précis. Il emploie des termes simples pour se mettre à la portée de tous. Mais chacune de ses phrases est un fer rouge posé sur la peau de Laure, une douleur intolérable qui étouffe le cri, assèche les larmes. Il demande réparation et se reprend aussitôt, sachant trop que dans le cas présent rien n'est réparable. Il démontre sans violence, s'étonne et

4 °**hypothétique** ≠ sûr, certain – 5 **clouer le bec à qn** faire taire qn, empêcher qn de parler – 5 **un adversaire** un ennemi; ≠ un ami – 8 **un bénévole** Ehrenamtliche(r) – 9 **un fonctionnaire** Beamte(r) – 10 **un constructeur** → construire – 10 **le balisage** *mar.* Küstenbefeuerung – 11 **négligent** fahrlässig – 11 **un enseignant** un professeur – 11 **laxiste** tolérant, libéral – 12 **inconscient** unbewusst – 14 **tergiverser** retarder le moment de prendre une décision – 17 **sobre** simple – 18 **se mettre à la portée de qn** faire que qn comprend ce qu'on dit – 20 **un fer** Eisen – 21 **intolérable** que l'on ne tolère, supporte pas – 21 **assécher** → dessécher (→ p. 66) – 22 **demander réparation** Entschädigung verlangen – 22 **se reprendre** corriger ce que l'on vient de dire – 24 **réparable** que l'on peut réparer

interroge sans jamais se laisser aller à la colère. Il reprend une à une toutes les circonstances de l'accident, les développe, les met en lumière. Le nom de Rémi est plusieurs fois repris, répété. Le portrait qu'il brosse du garçon est si fidèle que tous dans l'assistance retiennent leur respiration, comme s'ils s'attendaient à le voir entrer.

Camille ferme les yeux. Emprisonnée dans la rêverie qu'a fait naître la description de l'avocat, elle flotte, cramponnée au bras de Julien. Elle voudrait que les mots ne s'arrêtent jamais. Mais, peu à peu, le défenseur laisse passer entre ses lèvres des paroles qui sifflent. Et brusquement, il accuse. Son ton incisif est comme autant de gifles données aux accusés. Quand il s'adresse directement à Laure, ses mots grincent, à peine audibles pour Camille. Il est question du gilet de sauvetage qui a été retrouvé flottant près de l'embarcation, alors qu'il est évident qu'il n'aurait pas dû se trouver là ! Il revient sans cesse sur cette image. Il sent que c'est dans cet oubli des règles essentielles de sécurité que se situe le point faible. Il essaie de mettre en évidence l'inattention de la monitrice. Il sait, il l'a lu dans les dépositions, que ce gilet, le garçon était justement en train de le réenfiler au moment où la bôme l'a frappé, au moment où, comme vient de le redire le barreur, le vent a brusquement changé de direction, au moment où... Il laisse un temps de silence pour permettre aux juges de s'imprégner de

5 **brosser le portrait de qn** faire le portrait de qn – 6 l'**assistance** *f* le public – 6 **retenir sa respiration** arrêter de respirer – 8 **emprisonné** enfermé – 9 **une description** → décrire – 11 **un défenseur** → défendre – 12 **siffler** pfeifen – 14 **autant de** tant de – 14 **une gifle** Ohrfeige – 14 **un accusé** la personne que l'on accuse – 16 **audible** que l'on entend – 19 **sans cesse** sans arrêt – 20 **essentiel** très important – 21 **se situer** se trouver – 21 **un point faible** ≠ un point fort – 22 **mettre qc en évidence** etw herausstellen – 22 **l'inattention** *f* ≠ l'attention *f* – 23 **une déposition** une déclaration – 28 **s'imprégner de qc** von etw beeinflusst werden

ses paroles. Un mince sourire qui ressemble à un rictus étire ses lèvres, et il ironise sur le hasard qui décidément fait bien mal les choses...

* * *

Et puis vient le tour de l'avocat qui a été commis d'office à la défense de Laure. Un murmure parcourt l'assemblée. Celui-là est à peine plus âgé que les victimes. Et chacun pense qu'il en est à ses toutes premières plaidoiries, une aide bien inconsistante sans doute. Dans la salle, on devine quelques commentaires.

L'avocat ne bouge pas. Il attend que l'assistance se calme sans qu'on l'y oblige. Le silence revient vite lorsque chacun peut voir dans sa main une feuille blanche qu'il déplie lentement. Il commence par une phrase très courte, dure, qui pourrait contenir l'essentiel de la plaidoirie adverse.

– Deux jeunes sont morts, Rémi et Florent sont morts tragiquement.

La foule glacée se tait. Le silence est impressionnant.

Maintenant, il s'avance vers Laure, il est tout près d'elle. Que va-t-il faire ? Que va-t-il dire ?

– Il faut un coupable ! Et Laure Duval ferait une coupable idéale.

Camille ferme les yeux, comme si on allait abattre froidement sa mère, là devant elle, devant tous.

1 **mince** petit – 2 **un rictus** une grimace – 2 **étirer** *ici :* dehnen – 2 **ironiser** faire de l'ironie – 3 **décidément** vraiment – 5 **un avocat commis d'office** Pflichtverteidiger – 9 **inconsistant** faible, insuffisant – 21 **impressionnant** qui produit beaucoup d'effet

L'avocat approche la feuille de ses yeux et, avant d'entamer sa lecture, il dit :

– J'ai reçu hier, à la veille du procès, cette lettre que je vais vous lire.

*« Lundi soir, premier jour de stage.*

*Je suis tellement heureux, ma petite maman, que je ne peux pas attendre plus longtemps pour te le dire. J'ai passé toute la journée en mer. La mer ! Si tu savais ! Le voilà mon métier tout trouvé. Je suis certain que rien ne me plaira jamais autant. Ne te fais plus de bile pour mon avenir : je serai marin, mousse ou pêcheur, n'importe quoi pourvu que ce soit sur la mer.*

*Je commence par la soirée d'hier, la préparation du stage. J'ai retrouvé Laure, la monitrice qui était déjà là l'an dernier. C'est une femme formidable. Avec elle tout paraît réalisable. La mer, elle la connaît par cœur. Je crois qu'on est tous dingues amoureux, mais personne ne le dit ! Ça ne nous a pas empêchés de tout bien calculer pour le déroulement du stage. Laure est une rigolote, mais elle ne rigole pas avec la sécurité.*

*Ce matin on est partis à l'aube. L'océan était tellement… Je ne trouve pas le mot, peut-être parce qu'il n'y en a pas. Je t'étonne, hein, Mam ? Tu vois, seule la mer est capable de me rendre lyrique. C'est épatant ! La journée a été pleine de merveilles.*

2 **entamer** *ici :* commencer – 10 **se faire de la bile pour qc** se faire du souci pour qc – 11 **un mousse** *mar.* un jeune garçon qui apprend sur un bateau le métier de marin (Seemann) – 15 **formidable** fantastique – 16 **réalisable** que l'on peut réaliser, faire – 19 **calculer** *ici :* préparer, réfléchir – 19 **un déroulement** Ablauf – 24 **épatant** étonnant, surprenant – 25 **une merveille** une chose étonnante, fantastique, extraordinaire

*J'ai retrouvé Sébastien, Isabelle et bien sûr Rémi, le second de Laure, un sacré bonhomme, on est bien copains.*

*Demain, on doit partir encore plus tôt. Je te laisse parce qu'il faut que je dorme.*

*La vie est belle, maman, et je t'aime.*

*Florent.* »

L'avocat replie la lettre sans se presser. Le silence qui emplit la salle a la douceur de l'averse à la fin d'une journée accablante de chaleur. Dans tous les yeux brillent des larmes. Les plus rudes, les plus acharnés à accuser, se dépêchent de les essuyer, tandis que les autres regards se tendent vers cet homme, cette voix calme, sans rancune :

– Comment, dit-il, comment la maman de Florent pourrait-elle condamner Laure Duval ? Un murmure parcourt l'assemblée. Et juste à l'instant où il va devenir grondement, l'avocat reprend la même phrase, cette fois scandée avec vigueur :

– Comment la maman de Florent pourrait-elle condamner Laure Duval, cette jeune femme que son fils admirait ? Celle qui lui a permis ses dernières heures de parfait bonheur ? Je parle ici au nom de la maman de Florent, au nom d'une mère qui ne veut pas trahir son fils unique. Une mère qui a eu le courage de porter ici la voix de la victime.

Cette fois la rumeur est venue du fond de la salle. Une étrange rumeur faite d'étonnement, de

2 **sacré** *fam ici :* verdammt – 2 **un bonhomme** *vx* un jeune homme – 8 **se presser** ≠ prendre son temps – 9 **emplir** remplir – 10 **accablant** *ici :* lourd – 11 **rude** dur – 11 **acharné** hartnäckig – 12 **essuyer qc** *ici :* sécher qc – 13 **se tendre vers qc/qn** aller, se tourner en direction de qc/qn – 14 **la rancune** la haine – 16 **condamner qn** jdn verurteilen – 18 **un grondement** *ici :* un bruit de protestation qui vient du public – 19 **scandé** prononcé avec rythme pour attirer l'attention – 19 **la vigueur** la force, l'énergie *f* – 25 **trahir qn** jdn verraten – 28 **l'étonnement** *m* la surprise

reconnaissance, d'admiration. Le président lève la main, et le silence revient instantanément.

* * *

Camille n'entend plus rien, ne voit rien d'autre que ces larmes qui une à une coulent sur le visage de sa mère. Laure ne bouge pas. Elle n'essuie ni ses yeux ni ses joues. On pourrait croire qu'elle ne sait plus comment se comporter, elle qui n'a pas pleuré depuis des mois. Elle n'a pas chancelé, comme clouée au sol. Elle ne tremble pas. Elle pleure.

1 **la reconnaissance** Dankbarkeit – 2 **instantanément** aussitôt – 8 **se comporter** sich verhalten – 9 **cloué** fixé

# 21

Pareille à un spectre brusquement jeté hors de la pénombre, Laure cligne des yeux. Elle n'a plus d'âge, plus de sexe, plus d'identité. Seule la respiration saccadée qui soulève le tissu de sa veste prouve qu'elle n'est pas morte aussi. Le regard fixe, le corps inerte dans son habit si strict, si convenable, elle ressemble à ces collégiens timides que l'on tient à l'écart tant ils intéressent peu. Et plus encore, malgré la jeunesse de son visage, elle appartient déjà à cette cohorte de vieux oubliés dans les jardins de l'hospice.

Camille ne la quitte plus des yeux. Les poings serrés au fond des poches de son pantalon, elle répète tout bas qu'elle la délivrera, quoi qu'on lui fasse. Même si sa mère est enfoncée au plus profond d'un cachot, elle la délivrera. Et elle la guérira.

Rémi aurait pu se trouver à la place de Laure sur le banc des accusés. Seul le destin a choisi que le drame se déroule de cette façon-là. Il eût suffi que Laure ait pris le poste de Rémi au côté de Florent au moment où il a basculé pour que les victimes ne soient pas les mêmes. Camille serait alors restée près de Rémi pour le délivrer, le guérir par la force de son amour.

Ce rapprochement entre Laure et le garçon disparu amplifie jusqu'à la démesure l'amour qu'elle porte à sa mère. Jamais elle ne l'a autant aimée. Il lui

1 **un spectre** Gespenst – 1 **°hors de qc** en dehors de qc – 2 **cligner des yeux** blinzeln – 4 **saccadé** *ici :* irrégulier – 4 **le tissu** Stoff – 6 **convenable** correct – 7 **un collégien** un élève du collège – 9 **appartenir à qc** *ici :* faire partie de qc – 9 **une cohorte** une troupe, un groupe – 10 **un °hospice** une sorte d'°hôpital où l'on accueille les personnes âgées, les malades, les invalides, les enfants abandonnés – 15 **guérir qn** faire que qn retrouve la santé – 20 **basculer** *ici :* tomber, chavirer – 23 **un rapprochement** faire un parallèle entre deux choses – 24 **amplifier** agrandir; ≠ diminuer (→ p. 62) – 24 **la démesure** Maßlosigkeit

semble qu'elle ne pourra jamais aimer autant. Elle ressent cet amour avec une violence inouïe. Inimaginable. Avec son instinct de femme, Camille voudrait porter sa mère en elle, la cacher au creux de son ventre, là où personne ne pourrait plus lui faire aucun mal.

Pour reprendre des forces, elle fait appel aux souvenirs du passé. Elle supplie sa mémoire de lui venir en aide. Mais il fait totalement nuit dans son âme.

Un gémissement qu'elle seule entend monte à ses lèvres. La douleur ressentie la courbe en avant. Et le désir de fuir, toujours le même, toujours plus puissant, la tourmente si fort qu'elle a peur de ne pas pouvoir lui résister. Alors, elle songe à la falaise, au vide au-dessus de l'océan, à la liberté qu'elle aura encore d'aller vers la falaise, seule dans le vent venu du large. Elle s'accroche à cette vision de la mer, aux taches colorées des voiliers paisibles qui jouent avec l'eau sans aucune peur. Elle survole la mer du vol tranquille des grands oiseaux blancs. Elle se sent pénétrée par l'odeur âcre des embruns. Elle entend ce frôlement qui n'appartient qu'à l'océan lorsque se calme la tempête. Elle retrouve à l'horizon le gris, sombre, métallique de la mer qui se confond avec le ciel.

* * *

2 **inouï** fou, extraordinaire – 3 **inimaginable** que l'on ne peut pas imaginer – 10 **l'âme** *f* Seele – 11 **un gémissement** Stöhnen – 12 **courber** krümmen – 13 **puissant** fort – 14 **tourmenter qn** faire souffrir – 15 **résister à la douleur** erdulden – 18 **une vision** *ici :* une image – 18 **une tache** Fleck – 19 **coloré** de couleur – 20 **survoler qc** voler au-dessus de qc – 22 **âcre** désagréable – 22 **un frôlement** un léger bruit qui vient du contact rapide de deux objets – 25 **se confondre** se mélanger

Le verdict tombe dans un silence glacé. Avant d'arriver au nom de Laure il y a une longue suite de mots incompréhensibles pour Camille. Flottant dans une brume opaque proche de l'endormissement, elle a beaucoup de mal à suivre. Elle se redresse, sort sa main de la poche pour la passer sur son front et chasser l'engourdissement quand le prénom de sa mère claque à ses oreilles. Il vient en dernier, nu, isolé. Un prénom pour tenir en haleine une salle comble. Répété deux fois. Repris comme un écho. Et puis une troisième avec le nom, détaché : Duval. Son nom à elle, Camille. Son nom, pour toujours associé à celui de l'accusée.

Elle sent l'assemblée frissonner et se met à trembler de tout son corps.

Il est reconnu que Laure Duval a accompli son rôle de responsable en n'abandonnant pas les quatre jeunes stagiaires. Et que c'est seulement après les avoir ramenés près du voilier, pour qu'ils s'y accrochent, qu'elle a plongé à plusieurs reprises pour retrouver Rémi et Florent. Et cela jusqu'à la limite de ses forces.

Enfin, sans que le ton ait changé, les paroles confuses deviennent soudain limpides : Laure Duval n'est condamnée qu'à une peine symbolique. Elle est libre. Elles sont libres.

Camille n'a voulu entendre que les paroles de Florent, le timide Florent qui aimait tant la mer. Elle veut croire que c'est Florent qui vient de sauver Laure.

4 **opaque** ≠ transparent – 7 **un engourdissement** Gefühllosigkeit – 8 **nu** nackt – 9 **tenir en °haleine qn** ne pas dire tout de suite comment qc va se terminer pour maintenir l'attention de celui qui écoute jusqu'à la fin – 10 **repris** *ici :* répété – 12 **associé à qc** mit etw verbunden – 19 **s'accrocher à qc** se tenir à qc – 20 **à plusieurs reprises** plusieurs fois – 24 **limpide** clair; ≠ confus – 25 **une peine** Strafe

Et elle sait que Rémi aurait voulu, mieux encore, plaider sa cause pour les rendre l'une à l'autre.

* * *

Plus jamais ne reviendra la joyeuse femme aux yeux pétillants qui a essayé, de toutes ses forces, de lui enseigner le meilleur de la vie, comme plus jamais ne reviendra Rémi. Camille va devoir apprendre à vivre avec l'absence. Et près de cette mère inconnue qui vient de prendre une si large place dans son cœur.

2 **plaider la cause de qn** défendre qn – 5 **pétillant** *ici :* vif, brillant – 6 **enseigner qc à qn** apprendre qc à qn

# 22

La salle se vide doucement. Trop lentement. Et certains se bousculent, pressés soudain de quitter l'atmosphère étouffante dans laquelle ils ont baigné tout au long du jour. Dans le désordre qui se produit, Camille est séparée de sa grand-mère. Et elle perd Julien des yeux. Les paroles échangées autour d'elle ne lui parviennent qu'à travers le tumulte des bancs cognés avec impatience. Elle ne peut rien entendre de ce qui se dit.

Dans la rue qui longe le palais de justice, la foule se disperse en un rien de temps, éparpillée par la pluie.

De ses cheveux trempés à ses pieds qui pataugent dans les flaques d'eau, Camille sent toute sa peau hérissée, ses membres sont lourds, ses oreilles bourdonnantes comme si elle avait escaladé la plus pentue des montagnes. Lorsque les mains d'Antoine se posent sur ses épaules, elle se retourne sans sursauter. Il la serre contre lui, sa bouche retrouve sa place habituelle dans le désordre des cheveux sombres. Il lui murmure des mots uniques, trouvés pour elle seule. Des mots qui apaisent. Peu à peu son corps se détend, se moule à celui de l'homme qui la tient dans ses bras.

Ainsi blottis, ils restent un long moment plantés sur le trottoir, indifférents aux trombes d'eau qui les isolent des autres.

4 **le désordre** le trouble, le chaos – 4 **être séparé de qn** ≠ être avec qn – 6 **échanger des paroles** parler avec qn – 6 **parvenir** *ici :* arriver aux oreilles de qn – 8 **l'impatience** *f* ≠ la patience (Geduld) – 10 **se disperser** se séparer en allant dans différentes directions – 11 **éparpillé** dispersé – 12 **trempé** ≠ sec – 12 **patauger** waten – 13 **une flaque** Pfütze – 15 **bourdonnant** summend – 16 **pentu** steil – 19 **°habituel** ordinaire (gewöhnlich) – 20 **se détendre** sich entspannen – 22 **se mouler à qc** prendre la forme de qc – 25 **les trombes d'eau** une grosse averse (→ p. 69)

# Biographie

Marie-Claude Bérot est née à Toulouse mais vit depuis longtemps dans les Pyrénées. Elle a fait des études d'auxiliaire de puériculture, d'infirmière et de puéricultrice. Ce qu'elle aime par-dessus tout, c'est se raconter des histoires qui font parfois des livres ! Elle écrit depuis l'âge de 10 ans mais ce n'est vraiment qu'au cours de sa retraite prise à 50 ans qu'elle s'est vraiment mise à écrire pour son plaisir et le plaisir des autres. Elle s'est spécialisée dans les livres pour les enfants entre 8 et 13 ans, en s'inspirant beaucoup d'histoires vraies.

# Bibliographie

## Littérature jeunesse

*La guerre de l'ours,* Flammarion, Castor Poche, 2010
*Tu me plais tout simplement,* Flammarion, 2010
*L'heure du renard,* Flammarion jeunesse, 2009
*Aube rouge sur l'océan,* Seuil, 2008
*Personne ne m'aime,* Flammarion, 2008
*Les pies ne font pas des rossignols,* Cheminements, 2007
*L'année de mes quinze ans,* Flammarion, tribal, 2006
*Alazaïs en pays cathare,* Cairn, 2006
*Le stylo rouge,* Flammarion, Castor Poche, 2005
*Clara et Martin,* Flammarion, Castor Poche, 2004
*Pierrou de Gavarnie,* Cairn, 2004
*Un bisou sur les yeux,* Cairn, 2004
*Mes vacances préférées,* Flammarion, Castor Poche, 2004
*Marie-Lune,* Milan jeunesse, 2002
*Chaque jour, je t'écrirai,* Flammarion, Castor Poche, 2002
*Badésirédudou,* Flammarion, Castor Poche, 2001
*Ninon-silence,* Flammarion, 2000

# Liste des abréviations

| | |
|---|---|
| ≠ | antonyme de |
| → | mot de la même famille |
| ° | h aspiré (pas de liaison : *le/la* devant *un* substantif, *je* devant un verbe) |
| *arg* | argot |
| etw | etwas |
| *f* | féminin |
| *fam* | familier |
| *fpl* | féminin pluriel |
| *indic* | indicatif |
| jdm | jemandem |
| jdn | jemanden |
| jds | jemandes |
| *litt* | littéraire |
| *m* | masculin |
| *mar.* | Fachwortschatz zum Segeln |
| *mpl* | masculin pluriel |
| *péj* | péjoratif |
| *pron poss* | pronom possessif |
| qc | quelque chose |
| qn | quelqu'un |
| *subj* | subjonctif |
| *vulg* | vulgaire |
| *vx* | emploi vieilli |